Julia's droom

Julia's droom

Bies van Ede
Met tekeningen van Els van Egeraat

Zwijsen

Toegekend door KPC Groep te 's-Hertogenbosch

1e druk 2007

ISBN 978-90-276-0589-4
NUR 283

© 2007 Tekst: Bies van Ede
Illustraties: Els van Egeraat
Omslagfoto: Marijn Olislagers
Vormgeving: Eefje Kuijl
Uitgeverij Zwijsen B.V., Tilburg

Voor België:
Zwijsen-Infoboek, Meerhout
D/2007/1919/165

Inhoud

1. En ... doek! 7
2. Ralf Terlingen droomt 13
3. Julia's droom 16
4. Herberts droom 22
5. De teleurstelling 25
6. Henk Breen heeft bijna een aanrijding 33
7. Rottepolderplein 40
8. Julia's moeder grijpt in 44
9. Monument 48
10. Onverwacht oponthoud 55
11. Vreemden in de regen 61
12. Mislukt bezoek 67
13. Meisje met een pet 71
14. Naar het ziekenhuis 74
15. Toevallige ontmoetingen 79
16. Aan de bak 86
17. Talent 90
18. En ... camera! 97
19. Bezoek 101

Botsing bij Rottepolderplein

Haarlem - Bij het Rottepolderplein zijn gistermiddag een aantal auto's op elkaar gebotst.
Eén persoon is licht gewond geraakt.
De aanrijding ontstond doordat een personenauto ineens een rare beweging maakte, waardoor de auto's erachter hard moesten remmen en elkaar niet meer konden ontwijken. De veroorzaker van dit ongeval is doorgereden.

(Haarlems Dagblad, 27-02-2006)

1 En ... doek!

Je kon een speld horen vallen in de toneelzaal. Geen gekuch, geen schuifelende voeten. Het publiek keek ademloos naar het podium.

Julia voelde de spanning. Op het toneel kon je de zaal niet zien, want je keek tegen de schijnwerpers in. Wat ze zag was een rij schoenen en onderbenen. Broeken, zomen van rokken, blote benen. Waar zaten haar vader en moeder? Julia herkende ze niet in het donker van de zaal.

Gek eigenlijk dat ze tijd had om te kijken terwijl ze toch vreselijk toneel stond te spelen. Hoewel, ze speelde niet: ze wás Angela, het doodzieke dochtertje van de graaf. Ze zat in een stoel en glimlachte naar de dokter die haar daarnet het vreselijke nieuws had verteld.

'Je zult niet meer beter worden, Angela.'

Julia glimlachte naar de dokter. Het was de glimlach waar ze harten mee kon laten smelten. Dit keer deed ze er een schepje bovenop: ze glimlachte als een klein kind dat zijn konijn net heeft zien sterven.

'Ga ik dood, dokter?'

Rob van der Linden, die de dokter speelde, maakte een groot gebaar. Hij knikte en keek weg, de zaal in. Hij zag natuurlijk ook alleen maar voeten, dacht Julia.

'Maar mijn arme vader dan?' vroeg ze. 'Hoe moet hij verder als ik er niet meer ben?'

Ze liet haar arm langs de stoelleuning vallen en keek wanhopig richting publiek.

'Daar moet jij je niet druk over maken, kleine gravin,' zei de dokter.

Julia wist wat er nu moest komen. De dokter zou vertellen dat de graaf een vrouw ontmoet had, met wie hij snel wilde trouwen, zodat Angela in de laatste dagen van haar leven een stiefmoeder zou hebben.

Maar Rob van der Linden zei niets. Hij bleef de zaal in kijken. De stilte duurde te lang. Je vóélde de spanning weglekken.

Julia wist opeens wat er was: Rob was zijn tekst kwijt.

Achter op het podium, in de coulissen, bewoog de regisseur onrustig. Ook hij had in de gaten dat het misging. Julia kende Robs tekst uit haar hoofd, maar ze kon hem niet voorzeggen. Ze zat te dicht bij het publiek. Mensen zouden het horen.

Kom op, Rob, dacht ze. Alleen die paar zinnen nog. Dan is het pauze! Rob zweeg. En Julia nam een besluit. Ze moest de voorstelling redden.

'Dokter,' zei ze met een dun stemmetje. 'Ik heb gehoord dat mijn vader een vrouw ontmoet heeft. Denkt u dat ik nog een stiefmoeder krijg in de laatste dagen van mijn leven?'

Rob van der Linden slaakte een zucht alsof er een loodzwaar gewicht van zijn schouders gleed.

'Dat zou kunnen, kleine gravin.' En wanhopig, zoals het bij een toneelspeler hoort, voegde hij eraan toe: 'Kon je maar lang genoeg leven om van zo'n geluk te genieten.'

'En ... doek!' hoorde ze de regisseur sissen. Het doek zakte, het publiek begon te klappen. Een dingdong-belletje vertelde de zaal dat het pauze was.

Julia gleed uit de stoel. Rob van der Linden veegde het zweet van zijn voorhoofd. 'Ik had een black-out,' zei hij. 'Ik wist geen wóórd meer! Je hebt me geweldig geholpen, Julia. Echt goed, meid.'

Regisseur Pieter Rust kwam uit de coulissen en legde een arm om Julia's schouder. 'Goed moppie, hartstikke goed.'

Julia glimlachte haar glimlach en liep het podium af naar

de kleedkamer, waar limonade en broodjes stonden. Ze had honger als een paard. Altijd, als ze moest spelen. Het kostte haar blijkbaar meer energie dan ze zelf wist.

Haar mede-acteurs overspoelden haar met complimenten. Julia propte een broodje naar binnen en glimlachte terwijl ze luisterde.

'Je speelt de sterren van de hemel!'

'En dan nog zo improviseren ook!'

'Je hebt de voorstelling gered, Julia.'

'Helemaal toppie, meid!'

Het was lief en aardig, maar zo bijzonder was het nou ook weer niet, vond Julia. Ze moesten het hele stuk na de pauze nog. In dat deel kon ze niemand meer redden, want vijf minuten na de pauze ging ze al dood.

Wel jammer dat ze de rest van de voorstelling in de kleedkamer moest blijven. Het liefst was ze de zaal in gegaan en naast haar ouders gaan zitten. Maar ja, dat was natuurlijk niet mogelijk.

Een uur later stond Julia samen met de andere spelers op het podium. Hand in hand, buigend, lachend. Ze kregen allemaal een prachtig boeket bloemen. In de zaal klonk een klaterend applaus, er werd zelfs gefloten. Ze moesten drie keer terugkomen, zó lang klapte het publiek.

Toen ze eindelijk in de kleedkamer terugkwam, waren de eersten die ze zag haar ouders. Haar moeder had óók bloemen meegenomen. Haar vader gaf haar dikke zoenen. Opnieuw waren de complimenten niet van de lucht. Julia glimlachte maar. Ze voelde zich vreemd. Vol en warm en tegelijkertijd leeg en koud van vermoeidheid.

'Je eerste echt grote voorstelling,' zei haar moeder. 'Schat, je hebt talent, je bent een geboren actrice.

Mop, wat was je goed.'

Ze liepen naar de foyer, waar het druk was. Het grootste deel van het publiek bleef om op de acteurs te wachten. Ze waren tenslotte allemaal familie of vrienden van de spelers. Dat was altijd zo bij amateurtoneel. Er kwamen weinig vreemden naar de voorstelling kijken.

Maar de man die direct op Julia afstapte, was wél een vreemde. Hij stak een hand uit en stelde zich voor. Julia verstond de naam niet helemaal. Het klonk als Paul Bruijn, maar het had ook iets anders kunnen zijn.

'Je hebt je prima geweerd,' zei de man die misschien Paul Bruijn heette. 'Speel je al lang toneel?'

Julia schudde nee en haar vader vertelde trots dat Julia het jongste lid van de toneelvereniging was. 'Ze is pas een jaar lid,' zei hij.

'Julia is een geboren actrice,' vulde haar moeder aan.

'Dat zou ik denken,' zei Paul Bruijn. 'Je hebt dat pijnlijke moment vlak voor de pauze prachtig opgevangen.' Hij keek haar goedkeurend aan. 'Heb je wel eens nagedacht over écht acteren?'

Julia haalde haar schouders op. Ze hád toch net echt geacteerd?

'Je zou je moeten inschrijven bij een castingbureau,' zei Paul Bruijn. 'Wacht even.' Hij haalde een visitekaartje uit de binnenzak van zijn colbertje. 'Hier, bel dit nummer maar eens. Nogmaals complimenten, meid.' En met een knikje verdween hij tussen de mensen.

Julia bekeek het kaartje. Er stonden een naam, een adres en een paar telefoonnummers op.

'Laat eens zien?' zei haar vader. Hij las het kaartje. 'Wie was die man eigenlijk?'

'Geen idee,' zei Julia's moeder. 'Hij heet De Bruin, of zo.'

11

Ze kregen geen tijd meer om er verder over na te denken. Mensen kwamen op Julia af. Handjes, kussen op de wang, veel complimenten. Het werd zó leuk en Julia voelde zich zó bijzonder dat ze de man min of meer vergat.

Ze voelde zich een ster. Ze genoot van de aandacht. Het was heerlijk en voor haar mocht het elke dag wel zo zijn.

Zelfs haar vader was in een prima bui. De dagelijkse narigheid van zijn werkloosheid leek vanavond heel ver weg.

2 RALF TERLINGEN DROOMT

Een vader die uitvinder is, klinkt als de droom voor iedere jongen. Zo'n vader die in een schuur vol gereedschap de handigste, slimste en waanzinnigste apparaten in elkaar zet. Je hoefde maar te zeggen: 'Pap, ik heb een probleem met de versnellingen van mijn fiets,' of je fiets was al verbouwd tot een turbo-bike met raketaandrijving. Je spelletjescomputer was na een paar snelle ingrepen in staat álle spelletjes van álle soorten en formaten te draaien. Bovendien ontwierp je pa een zooi software die ervoor zorgde dat je nooit kon verliezen.

Was het maar waar.

Het had jaren geduurd voor Ralf wist wat zijn vader precies deed. Hij zat inderdaad hele dagen in een schuurtje, maar veel viel daar niet te zien. Enorme uitdraaien van ingewikkelde schema's die zijn vader blauwdrukken noemde, slingerden rond. Twee met elkaar verbonden computers zoemden. Het waren oude modellen waar je nauwelijks een spelletje op kon spelen.

'Wat moet ik met al dat rekengeweld van die nieuwste modellen?' had zijn vader ooit gezegd. 'De mensen gebruiken ze om filmpjes op te draaien terwijl je er een raket mee naar de maan zou kunnen sturen. Maar tja, hoe dát moet, weten ze niet. Nee hoor, ik heb genoeg aan wat ik heb.'

Veel spectaculairs kwam er niet uit het schuurtje. Geen apparaten die de wereld op hun kop zetten; geen automotor die op geperst gft-afval liep, geen oplossing voor rondzwervende frisdrankblikjes.

Zijn vader had net zo goed computerprogrammeur kunnen zijn, dat scheen zijn vak ook te zijn geweest.

Toen zijn ouders scheidden, merkte Ralf daar niet zo veel

van; hij zag zijn vader toch al bijna nooit.

Het schuurtje was inmiddels fietsen- en rommelschuurtje, net als de andere schuurtjes in de straat.

Ralfs vader werkte nu op de slaapkamer van zijn flatje.

Waaraan? Ralf had geen idee. Hij merkte wel dat zijn vaders humeur de laatste tijd een beetje zonniger was dan vroeger.

'Ik heb een idee, jongen,' zei hij. 'Een wéreldidee. Met een beetje mazzel gaan we schathemeltjerijk worden. En een beetje mazzel heb ik wel verdiend, toch?'

Ralf was het er volmondig mee eens. Hij droomde van hoe dat was: schathemeltjerijk. Een eigen eiland in de buurt van Griekenland was het minste.

In de baai lag een zeewaardig jacht van een metertje of twintig. Met kleine skelters racete je over het spierwitte zand. Je schudde wat kokosnoten uit een palm. Onder een dak van palmbladeren at je je lievelingseten dat de kok speciaal voor jou had gekookt ... Ach, wat viel er allemaal niet te verzinnen.

Tegen zijn moeder vertelde Ralf niets over de aankomende rijkdom van zijn vader. Ze zou het toch niet geloven, daar kende hij haar goed genoeg voor.

'De kans dat je vader echt een succesvolle uitvinding doet, is net zo groot als de kans dat wij iets winnen met onze staatsloten,' had ze een keer gezegd.

Waarom ze dan toch elke maand een lot kocht, begreep Ralf niet zo goed. Het was niet eens een héél lot, maar een halfje, zoals dat heette. Ralf ging het elke maand voor haar kopen bij de sigarenwinkel op de hoek. Ze hadden er nog nooit iets mee gewonnen, op een paar keer tien of twintig euro na.

Had zijn moeder gelijk of was ze alleen maar een zwartkijker?

Ralf droomde stiekem voor zich uit over schathemeltjerijk

zijn. Op een ochtend zou hij wakker worden en dan was de droom waarheid ...

3 JULIA'S DROOM

Natuurlijk belde Julia het nummer op het visitekaartje. Niet meteen de volgende ochtend, het duurde een dag of wat voor ze moed verzameld had.

Het krantenverslag dat in het huis-aan-huis-blaadje stond, gaf haar die moed. Ze werd beschreven als een natuurtalent. Dat gaf haar het duwtje dat ze nodig had.

'Leeflang Casting' stond er op het kaartje, en een rondje surfen op internet vertelde haar wat een castingbureau was: een bemiddelaar waar acteurs en modellen zich konden inschrijven en waar regisseurs en filmproducers kwamen om acteurs en modellen te vinden. Leeflang was niet het eerste het beste castingbureau. De man die haar het visitekaartje had gegeven, moest haar wel écht goed gevonden hebben.

Toen ze uiteindelijk belde, ging het maken van een afspraak verbazend makkelijk. Het gesprek duurde hooguit vijf minuten. Daarna had ze een afspraak in Amsterdam. Een intakegesprek, zoals dat heette.

Haar vader leek zijn enthousiasme over Julia's toneelspel alweer vergeten te zijn.

'Intake?' zei hij een beetje spottend. 'Dat is een soort sollicitatiegesprek. Nee, nog erger. Een loterij waar je niks wint. Ze laten je niet komen omdat ze zo veel belangstelling voor je hebben. Ze laten je komen voor "je weet maar nooit". Ik heb wat van dat soort gesprekken gehad ...'

Zo ging het altijd bij de gesprekken thuis. Het kwam altijd weer neer op haar vader die maar geen werk kon vinden en die nergens vertrouwen in had.

Maar Julia's moeder dacht er anders over. 'Het is hartstikke leuk en op z'n minst leerzaam. Je gaat hoor, schat, en papa gaat mee.'

'Ja, papa heeft toch niks te doen,' had haar vader klagerig gezucht.

Julia probeerde haar vaders pessimisme te vergeten. Bij de pakken neerzitten was zo makkelijk. Het leverde niets op. Haar vader was daar een prima voorbeeld van. Achter de tv wachten tot iemand iets voor je ging doen ... Nee, zo zat Julia niet in elkaar, zo zou ze nooit worden.

Ze zou die mensen bij Leeflang wel eens laten zien hoe goed ze was.

Julia stak een schuifje in haar haar. Ze bekeek zichzelf in de spiegel. Was dit goed? Moest ze misschien toch een paardenstaart? En kleurde haar shirt wel zo mooi bij haar ogen als haar moeder zei? Ach, niet zeuren, niet twijfelen. Dóén. Indruk maken op die meneer Leeflang en zorgen dat ze meteen op het lijstje Goede Actrices kwam. De krant had niet voor niets geschreven dat ze een natuurtalent was. Een schuifje of een paardenstaart deed er niet toe. Toch, ergens achter haar middenrif dobberde een zenuwachtige verknoping. Ze pakte haar pet en zette hem losjes op haar hoofd. Beter, veel beter.

'Pahap!' riep ze. 'Ben je nou al klaar?'

'Als we nu weggaan, zijn we ruim een uur te vroeg in Amsterdam,' zei haar vader vanuit de huiskamer. 'Maak je toch niet zo nerveus!'

Julia zuchtte opnieuw. Niet meer doen, nam ze zich voor. Zuchten is voor als je geen energie meer hebt en niet meer weet wat je doen moet.

Ze lachte naar zichzelf in de spiegel. Als Julia lachte, deed ze dat met haar hele gezicht. Haar ogen begonnen te schitteren, er kwamen kuiltjes in haar wangen. Het zag er geweldig uit en het stelde niets voor: het was toneelspel. Julia kon

toneelspelen als geen ander. Soms had ze het idee dat ze niet anders deed dan acteren. Lachen tegen haar ouders, vriendelijk zijn op school en tegen haar vriendinnen. Was het wel echt of deed ze maar alsof? Toneelspelen ging haar misschien wel makkelijker af dan zeggen waar het op stond.

Ze schudde haar hoofd. Onzin-gedachten. Ze kon prima zeggen waar het op stond. 'Maar pap, ik ben klaar hoor.'

'Dan ben je ruim op tijd. Ga iets leuks doen, we vertrekken nog lang niet.'

Julia liep naar haar kamer. Ze gooide de pet af, die ze sinds een halfjaar droeg als een soort amulet.

Hoe kon je iets leuks gaan doen als je op auditie moest?

Over een paar uur zou haar hele leven er anders uitzien. Dan ging je toch niet iets léúks doen? Ze stond op het punt ontdekt te worden als actrice. Straks, in Amsterdam, zou ze mensen ontmoeten, die wisten wat haar talent waard was. Mensen die hun werk maakten van het zoeken naar acteurs voor series en films. Als Julia geluk had, speelde ze binnenkort in een reclamespotje. Met nog wat meer geluk kreeg ze een rol in een soap. En stel je voor ... stel je toch voor dat ze een filmrol kreeg! In de krant had ze laatst iets gelezen over een nieuwe jeugdfilm. De regisseur – André Wullems, of Willem Andrea, zoiets – was volop met de voorbereidingen bezig. Misschien was hij al begonnen castingbureaus af te gaan, op zoek naar acteurs.

De zenuwknoop in haar maag golfde alle kanten op. En dan zei haar vader doodkalm dat ze iets léúks moest gaan doen!

Ze zette een cd'tje op en danste mee op het ritme van de muziek. Dansen kon ze, zingen was niet haar grootste talent, maar ze zong in elk geval niet vals. Niet zoals haar vader, die af en toe lusteloos reclamedeuntjes meezong.

Nu ging het dansen niet lekker en haar stem bibberde. Ze

was niet nerveus, nee, ze was opgewonden en dat was héél wat anders.

Ze plofte op haar bed en probeerde zich voor te stellen hoe het straks zou gaan. Voor de zekerheid had ze ook een liedje ingestudeerd. Het was best mogelijk dat ze kinderen zochten voor een musical. Ze neuriede de melodie op de cd mee, bibberig van opwinding.

In de huiskamer klonk het schuiven van een stoel. Ze wist wat dat betekende: haar vader had last van de zon die op het tv-scherm viel. Sinds hij werkloos was, keek hij eindeloos televisie. Vroeger zat hij altijd achter zijn pc ingewikkelde boekhoudsommen te maken. Voorraadlijsten, belastingaangiftes, winst-en-verliesrekeningen. Als het maar cijfertjes waren, was hij tevreden. Hij herschreef zelfs de computerprogramma's tot ze nog beter werkten. En daar was hij écht trots op. Nu had hij het ene scherm voor het andere verruild. Wat hij bekeek, maakte hem niet uit. Als het maar bewoog.

Als ze goed luisterde, kon ze het geluid van de tv horen. Stemmen, muziek, allerlei losse geluiden.

Het aandachtige luisteren maakte haar gek genoeg kalm. De knoop in haar middenrif ging wat losser zitten. Ze kreeg zware oogleden en doezelde weg. Slapen was het niet, dat zou ze niet gekund hebben, het was dat vreemde grijze gebied tussen waken en slapen waar je op een lange autoreis ook wel in terecht kon komen.

Beelden verschenen voor haar ogen. Ze mengden zich met het geluid van de tv. Stemmen, muziek ...

Uit een wolk kleurige mist kwam een man tevoorschijn. Julia herkende hem meteen, natuurlijk. Zijn foto kwam je overal tegen. In tijdschriften, op affiches, in voorfilmpjes op tv. Met een charmante glimlach strekte hij zijn arm naar haar uit.

Julia glimlachte terug. Geen geacteerde glimlach, ditmaal, maar een echte. Een die diep uit haar binnenste kwam. Natuurlijk wilde ze met hem dansen. De camera's gleden naar achteren toen Julia de dansvloer op kwam. Belichtingsmannen verschoven de schijnwerpers. Een geluidsman met een microfoon aan een hengel liep buiten beeld met hen mee.

Meer mist, meer kleurtjes en een orkest dat aanzwol. Violen! Romantiek ...

'Je ligt te pitten!' Haar vaders stem liet de wolken oplossen en verjoeg de kleurtjes. Julia keek verbaasd naar hem op. Ze had echt bijna geslapen!

Ze kwam overeind, een heel klein beetje wankel, en graaide naar haar pet.

'Zullen we nu dan maar gaan? Zijn we keurig op tijd waar we wezen moeten. Doe nog wel iets aan je haar. Je kunt zien dat je erop gelegen hebt.'

Julia knikte. Voor de spiegel in de gang deed ze het schuifje recht en veegde een lok opzij. Steil en niet al te dik haar had zo z'n voordelen. Ze zette haar pet op.

Met een beetje wazig hoofd stond ze even later naast haar vader in de lift.

'Moet je niks meenemen? Geen papiertje met teksten?'

Julia schudde nee. Met haar glimlach zou ze de mensen bij Leeflang plat krijgen. Als het haar lukte een hele toneelzaal ermee te betoveren, moest het bij het castingbureau ook lukken. Ze zou er haar stinkende best op doen – nee, haar strálendste best. Voor haar glimlach hoefde ze niets te kunnen en niets te leren. Haar glimlach had ze paraat, hij was haar beste vriend. Ik glimlach ze stralend omver, dacht ze zelfverzekerd.

4 HERBERTS DROOM

Het wereldkampioenschap voetballen kwam eraan en Nederland had een gouden ploeg. Oranje was in jaren niet zo sterk geweest. Ralfs vader, Herbert Terlingen, wist niet echt veel van voetbal, maar zelfs een volkomen idioot kon zien dat Oranje deze keer een winnaarsploeg was. En Oranje met finalekansen betekende geld verdienen. Zo simpel was het, als Herbert mazzel had.

Herbert bekeek de tekeningen op zijn bureau. Stapels schetsen. Hij keek naar de stalen kast in zijn slaapkamer. Die lag vol met probeersels. Herbert Terlingen was uitvinder en het liefst zou hij iets baanbrekends bedenken, een uitvinding die het broeikaseffect tenietdeed of zo, maar dat was iets te hoog gegrepen. Hij bedacht de laatste tijd speeltjes voor grote mensen. Hebbedingetjes, of met een mooi woord 'gadgets'. Voor het wereldkampioenschap had hij de leukste gadget ooit bedacht: de kopbal. Een hoed in de vorm van een oranje voetbal. Maar het was niet zomaar een hoed: je kon de bal ook nog een stukje laten wegschieten, net alsof je hem kopte. Met een bulderend 'hoera!' schoot de bal dan weg. Het was natuurlijk een geweldig gezicht: een stadiontribune vol oranje ballen die bij een doelpunt een vreugdesprongetje maakten.

Herbert was ervan overtuigd dat hij een enorme klapper zou maken met zijn idee. Als iemand anders er ook maar in wilde geloven. Hij had een bedrijf nodig dat geld wilde steken in het maken van de kopbal.

De kopballen moesten natuurlijk in een fabriek gemaakt worden. Ergens in China, of in Korea, waar het niet zoveel kostte. Maar ook 'niet zoveel' was voor Herbert nog een heleboel. Van zijn laatste uitvinding, het dansende

22

lucifersdoosje, kon hij nog een jaartje leven als hij zuinig was. Hij moest iemand vinden die hem helpen wilde.

Herbert droomde van tienduizenden kopballen. Stadions vol supporters met zíjn hoed op hun hoofd.

Hij belde erover met bedrijven. Hij had gesprekken met allerlei hotemetoten. Hij praatte tot zijn tong pijn deed. Maar zoals het altijd ging met briljante uitvindingen: niemand zag er iets in.

'Nee meneer Terlingen, zo'n hoed is te duur om te maken.'

'Nee meneer, wij hebben al genoeg gadgets voor het WK.'

'Nee meneer, we denken niet dat uw idee zal aanslaan.'

De ene na de andere afwijzing. Herbert liet zich er niet door van de wijs brengen. Hij had maar één 'ja' nodig, maar één fabrieksdirecteur die net als hij snapte hoe geweldig de kopbal was.

Dus zocht Herbert Terlingen verder. Hij ging op bezoek bij de BV Feestneus, bij SportPromo International, bij Gadget King en Interfun. Hij praatte tot er niemand meer was om mee te praten.

Eén keer per week kreeg Herbert Ralf op bezoek. Die afspraak was hij nu al acht keer niet nagekomen. Tijd om Ralf te missen had hij niet. Zijn aandacht was voor de volle honderd procent bij de kopbal. Niet bij de zwemlessen of het schoolrapport van zijn zoontje. Herbert ging niet eens bij Ralfs judo-examen kijken.

Wacht maar, dacht hij. Vroeger of later vind ik de man die ik zoek. En dan zal Ralf wel begrijpen dat zijn rapport en zijn judo niet zo belangrijk waren.

Op een maandagmiddag leek Herbert gelijk te krijgen. Op het internet vond hij het adres van een bedrijf dat zich nog

23

heel ouderwets Importeur van Feestartikelen noemde: *IFA, tevens ontwikkeling van noviteiten.*

Herberts hart maakte een sprongetje. Noviteiten was een bijna vergeten woord voor gadgets. Een ouderwets bedrijf dat stil was blijven staan ... Dat achterliep en dat hoognodig iets nieuws nodig had ... IFA was precies wat hij zocht.

Hij belde de firma IFA voor een afspraak. Dat ging moeilijker dan hij verwachtte. Dagen achterelkaar kreeg hij een antwoordapparaat met de mededeling dat IFA binnenkort weer bereikbaar was.

Toen er eindelijk werd opgenomen, kreeg hij een schoonmaker aan de lijn. De man wist van niets en nee, er was niemand anders die hem wél kon helpen.

Pas na anderhalve week bellen kreeg Herbert de directeur van IFA te spreken. Het kostte hem nog moeite om een afspraak te maken ook. Het leek wel of de directeur geen idee had van wat voor bedrijf hij directeur was.

Maar de afspraak werd gemaakt; op een woensdagmiddag zou Herbert naar een dorpje in de buurt van Amsterdam gaan om de kopbal te demonstreren.

5 DE TELEURSTELLING

Het castingbureau zat in een groot, oud huis aan een stil plantsoen. Tot hun eigen verbazing vonden ze een parkeerplek voor de deur.

'Nou meid,' zei Julia's vader. 'Het is zover.' Hij wees op een bord in de tuin waar 'Leeflang Casting' op stond.

Julia voelde dat de glimlach op haar gezicht opeens bevroor. De zenuwen sloegen toe. En ze sloegen genadeloos.

Ze keek haar vader radeloos aan, maar die zag niets. Hoe kon dat? Was er vanbuiten niet te zien wat er vanbinnen met haar gebeurde?

Het leek alsof ze in zee zwom en opeens met een stroming werd meegetrokken. Hoe ze ook spartelde en tegen-zwom, ze was niet sterk genoeg. Ze voelde zich een drenkeling, maar dan een van wie niemand zag dat hij verdronk. Ze voelde zweet prikkelen onder haar pet. Ze zweette dus terwijl ze bevroren was ...

Ik moet, dacht ze, ik móét kalm worden. Het lukte haar te denken aan de toneeluitvoering. De bewonderende blikken, de complimenten ... te gek meid ... echt geweldig ...

Ja, dacht Julia. Ik kán het. Haar hart sloeg al wat rustiger, de knoop in haar middenrif werd minder strak, maar ze was nog niet haar oude zelfverzekerde zelf. Had ze wel alles in haar hoofd zitten wat ze nodig had? En leek haar glimlach niet vreselijk onecht? Ze struikelde misschien straks over haar woorden. Of nog erger: over de drempel van meneer Leeflangs kantoor.

Haar vader deed de deur open en Julia stapte een grote, koele hal binnen. Op de zwart-wit geblokte vloertegels stonden een paar stoelen rond een tafel vol roddelbladen.

Er zat niemand in de hal.

Julia keek haar vader een beetje hulpeloos aan. Moesten ze gaan zitten? Konden ze doorlopen en gewoon ergens op een deur kloppen?

Haar vader knikte haar geruststellend toe. 'Ga jij maar zitten. Er zal wel ergens een secretaresse zijn die een afsprakenlijst heeft.'

Julia ging op een stoel zitten. Het was anders dan ze verwacht had, terwijl ze niet eens wist wat ze had moeten verwachten. Nou ja, ze had stiekem gehoopt ergens te komen waar acteurs en modellen af en aan liepen. Beroemde mensen had ze gedacht te zullen zien. Maar de hal leek meer op de wachtkamer van een dokter of een tandarts.

Haar vader opende een glazen deur en keek om het hoekje. Hij deed een paar stappen. De deur viel achter hem dicht. Julia hoorde zijn stem door het glas heen. Iemand antwoordde. Ze verstond niets, maar begreep wel wat er gezegd werd: ze moesten maar even in de hal wachten.

In elk geval wisten de mensen van Leeflang Casting dat ze er waren.

Als het wachten maar niet te lang duurde. De knoop in haar middenrif begon nu pijn te doen. Ze had alweer het idee dat er zweet over haar gezicht droop. Doodsbang was Julia opeens. Nog nooit, zelfs niet bij een voorstelling in een bomvolle aula op school, was ze zó nerveus geweest. Vergeten waren de complimentjes, de bewondering.

Strakjes kwam het erop aan. Dadelijk zou ze tegenover meneer Leeflang staan. Musical, film, tv ... Julia kreeg de brok in haar keel niet weggeslikt.

Haar vader kwam de hal weer in en ging naast haar zitten.

'We worden dadelijk gehaald. Gaat het met je? Je bent helemaal pips ...'

Julia knikte en slikte. 'Het gaat hartstikke,' zei ze met een geknepen stemmetje.

Haar vader kwam naast haar zitten. Ze moest zich inhouden om zijn hand niet te pakken.

Het duurde eindeloos tot de deur openging en er een vrouw de hal in kwam. Ze stak haar hand uit naar Julia en schudde hem.

'Ik ben Ineke,' zei ze. 'Zo, dus jij wilt actrice worden?'

Julia knikte stom. Ze dacht er geen seconde aan om de rol van vrolijk, enthousiast en toch bescheiden meisje te spelen. In haar hele hoofd was geen gedachte te vinden.

'Komen jullie mee?'

Ineke liep voor hen uit naar een kamer waar een bureau stond, een bank, en een videocamera op een statief. Door een groot raam dat uitkeek op een achtertuin stroomde licht naar binnen.

Ineke wees op de bank. Julia ging ongemakkelijk zitten. Haar vader bleef bij de deur staan en leunde tegen de muur.

Ineke ging achter het bureau zitten en schoof wat met de computermuis. Op de camera begon een rood ledje te branden. Blijkbaar stond hij nu stand-by.

'Goed,' zei Ineke met een hartelijke glimlach. 'Vertel eens iets over jezelf, eh ...'

'Julia.'

'Julia.'

Er klonk een pingeltje, het standaardgeluid dat nieuwe mail aankondigde. Inekes blik werd naar het computerscherm getrokken en haastig bewoog ze haar muis.

Toen ze weer opkeek, was het alsof ze Julia voor het eerst zag.

'O, eh ja. Je zou wat over jezelf vertellen, eh ...'

'Julia'.

'Ja precies, Julia. Heb je acteerervaring?'

'Een heleboel,' zei Julia. 'Ik speel bij de toneelvereniging en we hebben laatst een grote uitvoering gedaan. Ik heb ervoor gezorgd dat alles goed ging.' Ze vertelde het verkeerd, dat wist ze wel, maar ze kon de goede woorden niet vinden.

Ineke trok even een wenkbrauw op, alsof ze wilde zeggen: 'Je voelt jezelf heel wat.'

'Ik bedoel eigenlijk ...' zei Julia en ze wilde uitleggen wat er gebeurd was, maar ze zag dat Inekes aandacht weer werd getrokken door de monitor van de pc.

Er ging een steek door Julia heen, een steek van begrip, alsof ze plotseling precies begreep hoe de wereld van castingbureaus in elkaar zat.

Het interesseert haar niks, dacht ze. Ze glimlacht wel maar het kan haar niks schelen. Ze kan mijn naam niet eens onthouden. Ik zit hier niet omdat ik een ster kan worden ... Ik ben gewoon de zoveelste die zich inschrijft. Er komen hier tientallen mensen per dag. Die Leeflang zelf krijg ik natuurlijk niet eens te zien. Die heeft wel wat beters te doen.

Maar wacht maar, nam ze zich voor. Wacht maar tot ik een stukje moet acteren of zingen. Dan zal ze nog eens opkijken!

Haar zenuwachtigheid veranderde op slag in een koud soort woede, een kille vastberadenheid. Ik zal haar omver acteren, dacht Julia. Ik glimlach haar plat.

Ze glimlachte. Ze lachte een lach die zó scherp was, dat je je eraan kon snijden.

'Nou,' zei Ineke. 'Ik geloof dat we wel een duidelijk beeld van je hebben ...'

'En moet ze nou nog een stukje toneelspelen?' vroeg haar vader. 'Of zingen?'

Ineke stond op en schudde haar hoofd. 'Niet nodig,' zei ze. 'De camera heeft alles opgenomen. We willen weten hoe mensen bewegen en praten als ze níét acteren. Acteren is grote gebaren maken, overdreven doen. Voor de camera moet alles juist klein en zo natuurlijk mogelijk. We hebben een prima impressie van uw dochter op band staan.'

Ze kwam met uitgestoken hand op Julia af. 'Je weet hoe het verder werkt, hè?'

'Ik niet,' zei haar vader. 'Ik weet nooit wat.'

'Het is heel simpel,' zei Ineke. 'Programmamakers en regisseurs die op zoek zijn, kijken in ons bestand. Of wij kiezen alvast mensen uit die we bij een rol vinden passen. Uit de eerste keuze wordt een tweede keuze gemaakt. Zit je daarbij, dan bellen we en kom je hier om kennis te maken. Dan wordt de uiteindelijke keuze gemaakt.'

Julia's vader knikte. 'Aha. Dus eh ... wij hoeven niet te bellen. Jullie bellen ons.'

'Precies,' zei Ineke.

Ze gebaarde dat ze de gang op konden.

Julia's vader ging als eerste naar buiten en liep bijna tegen twee mannen op, die op de gang stonden te praten. Er werden sorry's en pardons gemompeld. De naam Leeflang viel.

Julia begreep dat een man met kort, borstelig haar meneer Leeflang was. Terwijl ze langs de twee mannen glipte, bekeek ze hen. Die andere man, kende ze hem niet van de tv of uit een krant?

Ach, wat maakte het uit. Ze vluchtte bijna naar buiten.

Op het tuinpad kon ze opeens geen stap meer zetten.

Er zakte iets door haar heen, een blok beton, een loodzwaar stuk scherp ijzer, dat alles aan flarden sneed. Ze had het verknald. Haar grote kans had ze verpest door één verkeerd gekozen zinnetje. Ze was overgekomen als een opscheppertje, een meisje dat het veel te hoog in de bol had. 'Je voelt jezelf heel wat ...' Het galmde door haar heen. Eén verkeerd zinnetje had haar dromen voorgoed dromen gemaakt: ze zouden nooit meer uitkomen.

Alsof het beton en het lood naar haar voeten gezakt waren, sjokte ze achter haar vader aan de tuin uit.

André Wullems keek het meisje na dat samen met haar vader de gang uit liep alsof ze vluchtten. Hij glimlachte vragend naar Ineke, die haar ogen even omhoogsloeg.

'Geschrokken van haar eigen sterallures,' zei ze. 'Je hebt van die kinderen die niks meer durven als het erop aankomt. Ik weet niet of we haar wel moeten inschrijven.'

'Ze had wel de goede lengte,' zei André. 'En een leuke uitstraling.'

'Jij zoekt geen kinderen zonder ervaring,' zei Henny Leeflang tegen hem. 'Een speelfilm draaien met doorgewinterde kindacteurs is zwaar genoeg. Werken met amateurs is alleen maar moeilijk.'

André grijnsde. De twee mannen liepen naar Leeflangs kantoor. Er lagen daar heel wat tapes van echt getalenteerde kinderen klaar om bekeken te worden.

'Je had het in de gaten,' zei haar vader toen ze wegreden. 'Ik zag het aan je.'

Julia knikte.

'Ben je erg teleurgesteld?'

Julia haalde haar schouders op. Ze had een voorstelling gered omdat ze de goede tekst had. Ze had haar toekomst verpest omdat ze níét de goede tekst had. Goed zijn duurde een avond, mislukken deed je voorgoed. Tranen prikten.

'Lieve schat,' zei haar vader, 'het is een goede les. Je bent een van de velen die bijzonder willen zijn. Je kunt goed toneelspelen. Misschien niet goed genoeg. Misschien ook wél.'

Hij remde voor een rood stoplicht. 'Het het is net als bij mij. Ik ben óók goed. Ik solliciteer me suf. Er zijn banen zat waar ik geknipt voor ben. En toch heb ik geen werk. Het is een loterij. Je weet het van tevoren nooit.'

Hij maakte een geluid tussen grinniken en zuchten in.

'Ik heb ook vaak zo gezeten als jij daarnet, hoor. Dan vóélde ik dat ik voor niets mijn best zat te doen. Hoe goed ik me ook wilde verkopen, die baan kreeg ik niet.'

Het licht sprong op groen.

Julia hoorde wel wat haar vader zei, maar doordringen deed het niet.

6 HENK BREEN HEEFT BIJNA EEN AANRIJDING

Terwijl Julia en haar vader op zoek gingen naar hamburgers, friet en milkshakes, reed Henk Breen naar zijn nieuwe bedrijf. Hij grinnikte om zijn eigen gedachte: 'nieuw'. Zijn nieuwe bedrijf was niet nieuw maar stokoud. Het was het achterlijkste bedrijf dat hij ooit gehad had. 'En misschien daarom wel het leukste,' zei hij tegen zichzelf. Waarom dat zo was, wist hij ook niet, maar het was wel waar.

Henk Breen zag eruit als een popmuzikant of een schilder. Hij had lang haar, droeg altijd een spijkerpak en reed in een aftandse Amerikaanse slee. Dat was allemaal buitenkant, zoals Julia's glimlach. Henk Breen stond niet op het podium met een gitaar, hij maakte ook geen schilderijen. Henk Breen was bedrijvendokter. Hij was de beste van Nederland. Als hij ergens verstand van had, was het van zakendoen.

Henk kocht bedrijven die al heel lang ziek waren. Fabrieken die niet meer goed liepen, winkels waar de klanten wegbleven, restaurants met koks die niet konden koken.

Net als een echte dokter bekeek Henk eerst wat er aan de hand was. Dan bedacht hij een medicijn. Mensen werden ontslagen. De slechte kok, de onvriendelijke verkoopsters, de mensen die nergens verstand van hadden. Henk maakte de bedrijven weer gezond. Daarna verkocht hij ze met een flinke winst. Hij was er rijk mee geworden.

Het laatste bedrijf dat hij beter had gemaakt, deed in computers. Hij had het een week geleden verkocht en er stond nu een enorm bedrag op zijn bankrekening. Henk hoefde zijn leven lang niet meer te werken. Hij ging nu alleen nog dingen voor de lol doen. Voor de lol een heel oud bedrijfje weer gezond maken. Een bedrijfje in fopartikelen: feestneuzen, slingers, stinkbommetjes, röntgenbrillen, kortom alles wat hij vroeger als jongetje leuk had gevonden. Het bedrijfje kostte bijna niks. De vorige eigenaar had er jaren niets meer mee gedaan.

In de verkooppapieren stond dat Henk een loods met voorraad had gekocht en een kantoortje. Dat was het. En natuurlijk de prachtige naam IFA: Import van Feest Artikelen.

De loods en het kantoortje stonden op een terrein ergens buiten Amsterdam. Henk schoof een cd'tje in de autoradio. Luid zingend reed hij de stad uit, richting snelweg. Hij was reuzebenieuwd wat hij er zou aantreffen.

Het was rustig op de weg. Een onafzienbare stroom vrachtwagens denderde over de rechterbaan, de personenauto's passeerden ze op de drie linkerbanen.

Henk kon zich nog herinneren dat hier vroeger een tweebaansweg had gelopen.

Belachelijk, dacht hij. Nu liggen er acht banen, er is nauwelijks een gaatje tussen de auto's te vinden en ik noem het 'rustig op de weg'. Hij schudde zijn hoofd. In de verte doemde het Rottepolderplein op. Het betonnen ding waar zes snelwegen bij elkaar kwamen, leek op een ronde parkeergarage, of nee, op het skelet van een vliegende schotel.

Rottepolderplein. De naam viel regelmatig op de radio. Dan werd er een niet-dagelijkse file gemeld. Dagelijkse files kwamen niet meer op de radio, die waren niet bijzonder genoeg. Pas als de rij auto's langer was dan een kilometer of wat, werd er gewaarschuwd.

Henk had een hekel aan het Rottepolderplein. Niet eens vanwege de files, maar omdat de rotonde zo groot was en er zo veel banen op uitkwamen. De meeste automobilisten wisten niet welke baan ze moesten nemen als ze de rotonde op kwamen. Er waren daarom regelmatig aanrijdingen tussen auto's die onhandig van rijstrook wisselden.

Nu was het gelukkig nog rustig voor de stoplichten die het verkeer op de rotonde regelden. Er stonden vier auto's. Henk sloot aan en wachtte op het groene licht. Zoals altijd duurde het een eeuwigheid voor de auto's optrokken voor groen. Henk moest gas geven omdat het licht op oranje sprong toen hij eindelijk bij de stopstreep was. Hij was nog niet eens op snelheid toen de volgende lading auto's de rotonde al op mocht. Met piepende banden schoot Henk een baan opzij om de aanstormende auto's de ruimte te geven. Voor zijn gevoel miste hij de eerste auto op een haartje. Er werd naar hem getoeterd en gebaard.

Mopperend reed hij door tot hij het Rottepolderplein driekwart rond had gereden en bij de goede afslag was. De muziek op het cd'tje hoorde hij niet meer. Zingen deed hij ook niet meer, hij was te erg geschrokken.

De rest van de rit reed Henk alsof hij de politie achter zich aan had: zo keurig als een dametje van tachtig.

Hij vond zijn nieuwe bedrijf op een stukje grond naast een autosloperij en een opslag van oud papier.

Hij parkeerde zijn auto op een modderig terreintje. Zittend op de warme motorkap van de auto bekeek hij zijn aanwinst. Tjonge, wat een armoede. Verveloos hout, vuile ramen en een loods die op instorten stond. Loods was niet eens het goede woord; het was een ... nou ja, het was een loodsjé.

Henk viste de sleutels van het kantoor uit zijn broekzak en liep naar de voordeur. Het kostte moeite hem open te krijgen.

De loods was kleiner dan hij gedacht had. Het kantoor was

véél kleiner. Een kamer waar met moeite een bureautje in paste en een tweede kamer die afgeladen stond met dozen vol bestelbonnen, rekeningen, nota's, voorraadlijsten ...

Henk pakte een van de dozen, ging achter het stoffige bureau zitten en bladerde door de papieren. Het duurde niet lang voor hij begreep dat ze bij IFA nooit hun papieren hadden bijgehouden. Het was een complete chaos. Er zat weken werk in om de zaak een beetje op orde te krijgen.

De computer op het bureautje kon direct naar het museum; het ding was minstens twintig jaar oud. Henk schakelde hem in. Het zwart-witscherm knipperde wat terwijl de computer opstartte. Toen verschenen er een C:/ en een knipperende cursor. Meer gebeurde er niet. Henk begreep dat de pc nog van vóór de Windows-tijd was. Als er al een boekhoudprogramma in zat, was het hopeloos ouderwets.

Waar vond je nog iemand die een pc uit het jaar nul kon bedienen?

Zuchtend zakte hij achterover in de bureaustoel. Soms zat het mee in het leven, soms zat het tegen. Vandaag zat het behóórlijk tegen.

Uit nijd drukte hij op de knop van een antwoordapparaat dat net zo oud was als de pc en luisterde naar de binnengekomen boodschappen. Er waren veel tuutjes van mensen die al hadden opgehangen voordat ze konden inspreken. Eén stem kwam een flink aantal keren terug. Er was iemand die erg veel moeite deed om de directeur van IFA te pakken te krijgen. Iemand die nog geld van het bedrijf kreeg? Henk krabbelde het telefoonnummer dat de man noemde op een blaadje. Als hij er weer eens de tijd voor had, zou hij wel terugbellen. Nu even niet. Er waren nu belangrijker dingen.

Door een smalle zijdeur kwam hij in de loods. Van wat hij daar vond werd hij ook al niet vrolijk. Balen verschoten

slingers, opengesneden dozen vol feesthoedjes die geen mens meer zou willen dragen. Er lag niets feestelijks in de loods, het was één grote rommelbende.

In het kantoortje ging de telefoon, een ouderwets gerinkel zoals Henk al jaren niet meer had gehoord.

Had hij het antwoordapparaat weer aangezet? Henk liep terug, zag dat de lampjes van de beantwoorder knipperden als een klein kermisje en nam op.

'Breen?'

Het gesprek duurde niet lang. Wat de man aan de andere kant van de lijn te vertellen had, ontging Henk aanvankelijk. Pas na een minuut of wat herkende hij de stem die hij eerder op het antwoordapparaat had gehoord. Bij de term 'kopbal' begon hem iets te dagen. Het ging niet over een voetbalterm – Henk was niet zo'n voetbalfanaat – maar over een hoed. Een speciale hoed voor het wereldkampioenschap.

De man aan de andere kant van de lijn bleef maar doorratelen, het leek wel een verkooppraatje. Het werd hem duidelijk dat de bedenker van dat vreemde hoedje enorm zijn best deed om zijn idee verkocht te krijgen.

Ach, dacht Henk, waarom ook niet? Wat maakt het uit of hij hier een keer langskomt om zijn spulletjes te demonstreren?

'Goed,' zei hij daarom, toen er even een pauze viel. 'Ik ben benieuwd naar wat u me kunt laten zien.'

Ze maakten een afspraak, die Henk in zijn zakcomputertje noteerde. De agenda op het bureau was van drie jaar geleden. Volgende week woensdagmiddag. Een goede reden om nog eens terug te komen in deze puinhoop en daarna een definitief besluit te nemen over stoppen of doorgaan.

Stel je voor zeg, dacht hij. Dat ik met die voetbalgadget dit hele rare bedrijfje weer op gang krijg. Het was een onzingedachte en dat wist hij.

Toen Henk weer in zijn auto stapte en het modderige terreintje af reed, was hij de man van daarnet alweer vergeten. Hij dacht na over wat hij moest doen. De hele zooi slopen en het terreintje verkopen als bouwgrond?

In gedachten reed hij richting Rottepolderplein.

7 ROTTEPOLDERPLEIN

André Wullems had een beetje hoofdpijn toen hij Leeflangs castingbureau uit liep. Het blééf vermoeiend, video's van acteurs bekijken. Het liefst nodigde hij gewoon een stel toneelspelers uit in een studio. Hij liet ze een paar stukjes acteren en kon dan op zijn gemak bekijken hoe ze het deden en of ze pasten bij de rol in de film die hij wilde maken.

Soms moest een acteur drie keer iets doen voor André wist dat hij de goede te pakken had. Nu zag hij de acteurs alleen maar op foto's en video. Hoe moest je een keuze maken? Het ging wel om een speelfilm, verdorie, en niet de eerste de beste speelfilm.

Vroeger ging je als regisseur rustig op zoek naar de goede mensen. Je zocht tot je het beste gevonden had.

Die tijd was voorbij. Niemand wilde nog écht ergens moeite voor doen. De acteurs speelden liever in een reclamespotje omdat ze daar gegarandeerd een bom geld mee verdienden. Vroeger schaamden ze zich ervoor als ze reclames deden, maar tegenwoordig niet meer. 'Kijk, de keuken en de badkamer hebben we verbouwd met het geld van dat spotje voor die supermarkt ...' Vroeger gingen ze voor de kunst, nu voor het geld. En tróts waren ze erop. En die kínderen ... Vroeger kreeg hij nog wel eens kinderen voor zich die bescheiden en zenuwachtig waren en óók nog echt konden toneelspelen. Tegenwoordig dachten al die kinderen dat ze meteen een idool waren. Kwam allemaal door die idiote talentenjachten op de televisie.

Ach, dacht André, terwijl hij in zijn auto stapte. Ik word oud, dat zal het zijn. Mensen die vinden dat alles vroeger beter was, veranderen razendsnel in vervelende zeurkousen.

Als hij iets niet wilde worden, was het een zeurkous. En terwijl hij uitparkeerde, nam André opnieuw het besluit dat hij al veel vaker genomen had: Dit is mijn laatste film. Ik ga ze nog één keer laten zien hoe het echt moet. Daarna stop ik ermee. Ik zoek door tot ik het meisje gevonden heb, dat ik zoek. Met iets anders neem ik geen genoegen. Ze moet het hélemaal zijn.

André had een paar kennissen die nog wel eens naar amateurtoneel gingen. Misschien had een van hen een goed kind gezien. 'En volgende week ga ik wéér naar Leeflang,' zei hij hardop tegen zichzelf in de achteruitkijkspiegel.

Hij reed in de richting van de randweg die hem om de stad heen naar de rust van het Noord-Hollandse boerenland zou brengen. Via de randweg A10 reed hij de A9 op, richting Rottepolderplein. Hij dacht nog even aan het meisje dat hij eerder die middag bij Leeflang de deur uit had zien lopen.

Julia's vader was in een gezellige bui toen ze in de auto stapten. Of misschien dééd hij gezellig. Julia had niets geproefd van de hamburger, friet en milkshake. Ze had het gevoel dat de wereld begonnen én geëindigd was met hun bezoek aan Leeflang Casting. Er was nu een nieuwe droom, zo'n grijze, zo een die alleen maar mist was, waarin je ronddwaalde. De uitgang vond je nooit en de zon scheen niet in zo'n droom.

Haar vader leek in de gaten te hebben hoe ze zich voelde; waarschijnlijk probeerde hij haar op te vrolijken met zijn opgewekte gebabbel.

'Moppie,' zei hij. 'Op een dag win ik de staatsloterij en dan kóóp ik gewoon een film waarin jij de hoofdrol krijgt.'

'Jij hebt nooit staatsloten,' zei Julia dof.

'Nee,' grinnikte haar vader. 'Maar ook zonder loten heb je vast kansen.'

41

Dat klonk zo vrolijk, dat Julia haar mond hield. Al was het nep, ze had haar vader liever zó dan in zijn normale bui. Gek, dat het einde van háár droom hem wakker leek te schudden uit zíjn slaap. Het was alsof haar vader opeens ontwaakt was uit zijn dutjes voor de buis. Voor zolang het duurde, natuurlijk. Straks kunnen we samen op de bank hangen, dacht ze. Wat moet ik anders nog? Voor het gemak vergat ze in haar somberheid het toneelgezelschap waar ze het zo naar haar zin had.

Toen ze de stad uit reden, zei haar vader: 'Het begint spitsuur te worden. Ik denk dat we maar een sluiproute naar huis moeten nemen. We gaan over de dijk, niet over de snelweg.'

'De dijk? Maar dat is toch om?' zei Julia.

'Ligt eraan. Op de snelweg kun je hard rijden ... maar de kans dat je stil komt te staan is heel groot. Over de dijk rijd je langzaam, maar je ríjdt tenminste. En langzaam rijden is altijd nog sneller dan stilstaan. We gaan gewoon lekker niet via het Rottepolderplein.'

Terwijl ze over de dijk langs de Ringvaart reden, keek Julia haar vader van opzij aan. Hij was vrolijk, vrolijker dan ze hem in tijden had meegemaakt.

En hij doet iets extra's, dacht ze. Zomaar uit zichzelf, zonder dat het hoeft. Hij rijdt óm!

Ergens links voor zich zag ze de vreemde betonnen kolos van het Rottepolderplein liggen, waar het verkeer al langzaam maar zeker in de middagfiles werd geperst.

Henk Breen reed met een kalm gangetje het Rottepolderplein op. Hij voelde dat hij extra gespannen was. Kwam er iemand uit een onverwachte hoek op hem af? Waren er auto's die raar deden? Nee, nergens iets alarmerends te zien. Henk ontspande. Gek toch, dat je van één bijna-aanrijding zo nerveus kon worden.

Ik kan een extra rondje doen, dacht hij, gewoon om van die rare angst af te komen. Maar eigenlijk was dat wel erg kinderachtig. Hij nam zijn afslag.

Op hetzelfde moment werd zijn muziek onderbroken voor een mededeling van de verkeersdienst. Tussen Badhoevedorp en knooppunt Velsen stilstaand en langzaam rijdend verkeer.

Dan ben ik mooi de dans ontsprongen, dacht Henk.

Herbert Terlingen had inmiddels uitgezocht hoe hij bij IFA moest komen. Het bedrijfje dat zijn kopbal in gebruik ging nemen stond niet ver van het Rottepolderplein, op een bedrijvenpark.

Herbert kende dat verkeersknooppunt wel. Hij was blij dat zijn afspraak in het begin van de middag was. Van opstoppingen zou hij geen last hebben.

8   JULIA'S MOEDER GRIJPT IN

Julia's moeder bekeek de foto's die net waren gebracht door iemand van de toneelclub. Er hing een trotse glimlach om haar mond. Vroeger toen ze jong was, had ze toneelspeelster willen worden. Het was nooit gelukt. Ze hoopte dat Julia meer succes had. Misschien kwam er wel een prachtige aanbieding voort uit het bezoek aan Leeflang, dacht ze. Doktersassistente kan ze altijd nog worden. Laat ze eerst maar proberen haar droom waar te maken. Ze voelde een beetje spijt kriebelen. Waarom had ze zelf haar droom niet proberen waar te maken? Ach ... nou ja ... Beter een beroemde dochter dan beroemde ouders ... Stel je voor, een dochter die op de planken stond, of voor de camera. Fans, bewonderaars, de hele wereld afreizen voor je werk. Ze bekeek de foto's nog eens.

Julia's moeder wist waar ze het over had: zij was verpleegster. In het ziekenhuis. Ze had jaren niet meer gewerkt, maar sinds haar man geen baan meer had, kwam het goed uit dat ze een diploma had. In de gezondheidszorg was heel wat meer werk te vinden dan in de boekhouderij. Zo konden ze net rondkomen. Maar, dacht Julia's moeder, stel je voor dat Julia een rolletje in een tv-reclame kreeg. Dán werd er opeens een heleboel geld verdiend. Geld dat ze uitstekend konden gebruiken.

Ze legde de foto's weg en wierp een snelle blik op zichzelf in de spiegel. Ze had haar verpleegstersjurk aan, want ze had dienst. Wel jammer dat ze er niet was als Julia straks thuiskwam. Misschien had ze tijd om nog even te bellen.

Ze krabbelde snel een berichtje aan Julia op een blaadje en haastte zich toen naar haar werk.

Pas om halftwaalf 's avonds, toen ze thuiskwam, kreeg ze het verhaal van de mislukte middag te horen. Julia lag allang in bed.

'O nee,' zei ze vastberaden toen haar man was uitverteld. 'O nee, Eric, zo makkelijk laten we ons niet afschepen.'

'Wat wil je dan doen?' vroeg Julia's vader. 'Leeflang bellen en eisen dat Julia een tweede gesprek krijgt? Daar zul je niet ver mee komen.'

'Nee, jij komt ver met altijd maar afwachten,' zei Julia's moeder, bozer dan ze bedoelde. 'Ik ga volgende week gewoon terug, samen met Julia. Jammer dat we niet meer weten hoe die man precies heette van wie we het visitekaartje hebben gekregen. Hij had het misschien makkelijker voor ons kunnen maken.'

Julia's vader zuchtte en knikte. 'Ja, we hadden zijn naam moeten vragen. Nou ja, te laat.'

'Het is nooit te laat.'

De volgende ochtend aan het ontbijt kreeg ze het hele verhaal nog eens van Julia zelf te horen.

Ze schudde haar hoofd en zei: 'Ik had je niet alleen met je vader moeten laten gaan.'

Julia kauwde op haar brood. Het was of ze alles nóg een keer beleefde en of haar droom alwéér in duigen viel.

Misschien had haar moeder gelijk, maar het was te laat.

Op vrijdagavond, de vaste avond van de toneelclub, leek de pech stiekem met haar meegegaan te zijn.

'Ik had een leuk bericht,' zei Pieter Rust toen iedereen met koffie in het kleine repetitiezaaltje zat. Rob van der Linden was er niet, zag Julia. Gek, die miste nooit een avond.

'Er is een uitnodiging gekomen van de schouwburg in Velsen,' zei Pieter. 'Ze hebben twee avonden een leeg podium, omdat er een voorstelling is uitgevallen. Of wij komend weekeinde ons stuk twee keer wilden komen spelen. We hadden twee keer een volle zaal kunnen hebben. Blijkbaar hebben we indruk gemaakt op de schouwburgdirectie.'

Julia veerde op. Ze hoorde de verleden tijd in Pieters zinnen niet. Ze kreeg een nieuwe kans om te laten zien hoe goed ze was. En wie weet zat er iemand in de zaal die haar verder kon helpen. Die haar droom weer kon repareren.

'Maar jullie hebben het al gezien: Rob is er niet vanavond. Hij is onverwacht op vakantie gegaan. Misschien om te bekomen van de schrik. Hij schaamde zich erg voor zijn black-out. In elk geval, dat hij dit weekeinde niet op de planken kan staan is wel duidelijk.' Pieter Rust keek het zaaltje rond. 'En er is niemand die zijn rol kan overnemen, ben ik bang. Behalve Julia dan ...'

Een ongeluk komt nooit alleen. Julia kende de uitdrukking, maar nu pas begreep ze écht wat hij betekende. Met een gezicht als een donderwolk kwam ze na de bijeenkomst thuis.

'Het is niet éérlijk,' barstte ze uit. 'De hele wereld is tegen me!'

'Rob van der Linden wist toch niet dat er extra voorstellingen zouden komen?' zei haar moeder. 'Het is gewoon een ongelukkige samenloop van omstandigheden.'

'Daar gáát het niet om!' zei Julia, bijna in tranen van woede. 'Daar gáát het niet om!'

'Het leven is nou eenmaal niet eerlijk,' zei haar vader.

'Hè ja, Eric, doe jij ook nog gezellig mee,' zei Julia's moeder. 'Meid, ik dacht vanmiddag: laat ik eens ingrijpen. En dat heb ik dus gedaan. Ik heb Leeflang gebeld en een nieuwe afspraak gemaakt.'

'Hè?' Julia dacht dat ze het niet goed hoorde.

'Ik heb mijn meisjesnaam gebruikt en jou opgegeven voor

een auditie. Ze hadden niets in de gaten. En waarom zouden
ze ook?'

Julia wist niet wat ze moest zeggen. Ze keek sprakeloos
naar haar moeder, die glimlachte. Het was of Julia haar eigen
glimlach zag.

9 MONUMENT

Herbert Terlingen leunde tevreden achterover in zijn bureaustoel. De laatste drie dagen was hij bezig geweest met een verbeterde versie van zijn kopbal. Hij zou die Breen van IFA overdonderend overtuigen dat de kopbal hét hebbeding voor het WK was. Hij had de lichte desinteresse in Breens stem wel gehoord en dat was aan hem gaan knagen. IFA was de enige en laatste kans die hij had om zijn uitvinding groot op de markt te brengen. Hij moest al het mogelijke gedaan hebben, zodat hij zichzelf later geen verwijten hoefde te maken.

De kopbal stond voor hem op zijn bureau als ... als een kunstwerk. Nee, als een standbeeld, dacht Herbert. Een standbeeld voor mij, de uitvinder van het succesvolste hebbeding dat ooit voor een voetbalkampioenschap is bedacht. Hij dacht aan de ratels, de pruiken, de schmink – aan alle rotzooi die er voor een WK gemaakt werd en die de mensen nog kochten óók.

Nee. De kopbal, daar had je écht wat aan. Vóór de wedstrijden, erna en natuurlijk tijdens de wedstrijd. En zelfs als het WK allang afgelopen was, had je nog iets aan de kopbal. Kinderen konden wedstrijdjes koppen. Hun vaders konden wedstrijdjes koppen ... Herbert droomde weg. Hij zag het al voor zich. Een kopbalcompetitie die met zíjn hoeden werd gespeeld. De Nederlandse kampioenschappen. Europese kampioenschappen... Wéreldkampioenschappen! Herbert Terlingen als bedenker van een olympische sport.

Hij zuchtte, wreef in zijn ogen en stond op. 'Niet doordraven,' zei hij in gedachten. Nog drie dagen voor zijn afspraak met Henk Breen.

'Het gaat goed,' zei Herbert tegen zichzelf. 'Het gaat helemaal goed komen. Want het mág niet misgaan.'

Maar het ging mis. Op de dag van de afspraak ging het mis. Niet met Herbert, maar met zijn zoon Ralf.

Ralf Terlingen was nooit ziek. Hij verlangde er wel eens naar: een dagje thuis op de bank en zijn moeder die hem vertroetelde. Het gebeurde nooit. Voor vertroetelen had zijn moeder weinig tijd. Ze moest werken en vertrok vaak al om halfacht. Als Ralf een keer ziek thuis zou willen blijven, moest hij zichzelf verzorgen, en daar was natuurlijk weinig lol aan. Was hij dáárom nooit ziek, omdat hij er gewoon niet van zou kunnen genieten als hij het werd?

Hoe je je voelde als zieke was hem niet helemaal duidelijk: hij had er geen ervaring mee. Pijn in je hoofd en in je buik, misschien? Misselijk, armen en benen die niet doen wat je wilde ...

Misschien had hij het daarom niet in de gaten toen hij echt ziek werd. Een vreemd pijntje in zijn rug, alsof er vanbinnen iets schuurde, was het eerste wat hij voelde.

De volgende dag, op school bij gym, merkte hij dat hij niet meer zo lekker kon hardlopen als anders. Hij was binnen de kortste keren buiten adem.

'Wat heb je?' vroeg de gymleraar. 'Slaap je wel voldoende? Je ziet bleek, man.'

Ralf had geen antwoord. Later in de klas was hij de kortademigheid snel weer vergeten, maar het schurende gevoel bleef.

De volgende ochtend was hij bij het opstaan vermoeider dan toen hij was gaan slapen. Zijn moeder merkte er weinig van, die was druk zoals altijd. Ze mopperde op zijn vader, omdat die al zolang niets van zich had laten horen.

'En hij weet toch dat ik het hartstikke druk heb. Volgende week moet je een paar dagen naar hem, hoor. Ik trek het anders niet.'

Ralf kende het gemopper van zijn moeder. Zijn vader kon er trouwens ook wat van. Ralf trok zich er weinig van aan, hij luisterde eigenlijk nauwelijks en deze ochtend al helemáál niet. Het leek of zijn ogen niet scherp konden zien en hij had het op een gekke manier warm. Alsof hij had geschaatst in een ijzige winterkou, terwijl het pas najaar was.

Op school leek alles aan hem voorbij te gaan, het ene oor in, het andere uit. In het speelkwartier stond hij haast roerloos tegen de muur naast de deur. En een halfuurtje later viel hij van zijn stoel.

De wereld was inmiddels een vaag mengsel van kleuren en geluid. Tussen zijn schouderbladen leek een stuk hout te zitten. Ademen ging bijna niet meer; daarom was hij misschien van de stoel gevallen: doordat hij geen lucht kreeg.

Een juf die EHBO kende, bracht hem weer een beetje bij, maar Ralf bleef van de wereld. De bezorgde vragen die gesteld werden, gingen aan hem voorbij.

'Heb je dit allang?'

'Ben je al bij de dokter geweest?'

'Is je moeder thuis, is je vader thuis?'

'Voel je je een beetje beter? Je bent gloeiend heet.'

'Haal nog even een glaasje water voor hem!'

Zijn moeder was niet thuis, zijn vader woonde al drie jaar niet meer thuis.

'Is er een oppas die we kunnen bellen?'

'Je kunt toch niet alleen thuis zijn?'

'Zijn vader. Laten we zijn vader bellen.'

Ralf werd meegenomen naar het docentenkamertje. Daar stond een oude bank waar hij op kon liggen terwijl zijn vader werd gebeld.

Het ontging hem allemaal wat er gebeurde. De enige gedachte die in zijn hoofd bleef, was: ik ben ziek. Dit is dus ziek zijn. En ik vind er niks aan.

Ralf werd thuis afgeleverd door een voorleesmoeder.

'Je vader is gebeld,' zei ze. 'Ik weet zeker dat hij je zo snel als hij kan komt ophalen.'

Ze had gelijk. Ralfs vader was er binnen een halfuur. Ralf merkte er weinig van. Van het humeur als een voorjaarsstorm dat zijn vader meebracht, merkte hij al evenmin veel.

Een tijd later – hoeveel tijd wist Ralf niet – lag hij in een slaapzak op de achterbank van zijn vaders auto. Ik moet in de gordels, dacht hij nog vaag, maar overeind komen lukte hem niet. Zijn vader reed als een razende, zo voelde het tenminste. Van waar ze heen gingen, had hij geen idee.

Herbert vloekte onhoorbaar. Dat hem dit nu weer moest overkomen. Precies op de grote dag werd Ralf ziek. Had hij nou niet één dagje kunnen wachten? Had hij niet tot vanavond kunnen wachten? Wat moest hij dadelijk tegen meneer Breen zeggen? 'Sorry, er ligt een ziek kind in mijn auto, ik kan niet lang blijven?' Onmogelijk. Ralf in de auto laten terwijl hij zelf in gesprek was, kon natuurlijk óók niet. Of wel?

Kon het wel? Vandaag ging het om de kopbal. Vandaag was de Grote Dag, de dag waarop de toekomst begon. Moest hij zich door Ralf laten tegenhouden?

Nee, dacht hij. De kopbal gaat vóór. Ik laat Ralf lekker achter in de auto.

Hij glipte nog net door het oranje licht het Rottepolderplein op.

Een regenvlaag kletterde op de auto. Ook dat nog, dacht

Herbert. Straks staat het verkeer natuurlijk weer muurvast omdat niemand fatsoenlijk doorrijdt met slecht weer. Hij zag in de achteruitkijkspiegel dat er een auto achter hem reed die harder ging dan hijzelf. Wilde die auto hem inhalen? Hij gaf een beetje gas, want hij reed inderdaad wel langzaam. Dadelijk moest hij invoegen op de snelweg naar Badhoevedorp.

De snelheidsmeter kroop naar de negentig kilometer, ging er voorbij. De ruitenwissers zwiepten.

Toen kwam er een vreemd geknepen geluid van de achterbank. Het was een kruising tussen hijgen en hoesten en het klonk alsof Ralf opeens héél ziek was.

Herbert voelde een steek van angst door zich heen trekken. Hij wist niet eens wat het kind had. Het kon heel ernstig zijn. Zó ernstig dat hij naar het ziekenhuis moest. Het kón niet, het mócht niet. Hij mocht de afspraak met meneer Breen niet mislopen.

Herbert wierp een blik achterom. Ralf lag in de slaapzak op de achterbank met zweet op zijn gezicht. Hij zag zo bleek als de maan, maar zijn lippen waren vuurrood.

'Ralf?'

Ralf antwoordde niet.

Herbert voelde dat zijn auto naar links trok, dat hij bezig was naar het midden van de weg te gaan.

En de auto achter me wil passeren! dacht hij geschrokken. Met een ruk ging hij weer naar rechts terwijl hij het gaspedaal diep indrukte. Hij moest naar zijn afspraak. Daarna naar de dokter, of het ziekenhuis, een van de twee, maar éérst naar IFA. Zijn toekomst hing ervan af. Zijn toekomst en die van Ralf.

Ergens achter zich leek hij iets te horen; geluid van remmen en twee doffe plopgeluiden.

Komt dat nou door mij, dacht hij. Is die auto vol op zijn

remmen gaan staan? Hij keek even in de achteruitkijkspiegel om te zien of de auto misschien in de vangrail terecht was gekomen. Door de regen die opeens weer neersloeg, had hij een te slecht zicht. Hij zag alleen wat vage contouren op het zwart van de snelweg.

Iets in hem zei dat hij misschien beter kon stoppen om te kijken of hij iets veroorzaakt had met zijn rare rijgedrag. Iets anders in hem zei dat hij hier niet kon keren, dat hij moeilijk terug kon rijden en dat hij de afspraak met meneer Breen niet mocht missen.

En zo is het, dacht hij. Stel dat er iets gebeurd is, dan kan ik toch niets doen. Wat zou er trouwens gebeurd kunnen zijn? Niks toch? En die stommelingen die hem hadden proberen in te halen, hadden maar beter moeten opletten. Ze hadden afstand moeten houden. Zo was het toch?

Herbert gaf wat extra gas en voegde in op de snelweg richting Amsterdam.

Ralf kreeg een hoestbui die eindeloos leek. Als hij even stopte met hoesten haalde hij hortend en stotend adem.

Herbert durfde niet nog een keer achterom te kijken, want hij reed nu op een weg met links en rechts van zich verkeer.

Hij zette de autoradio aan. Misschien dat een beetje muziek Ralf rustiger zou maken.

'We gaan straks naar een dokter,' zei hij, toen zijn zoon eindelijk weer kalm was. 'Strakjes. Maar eerst moeten we onze droom gaan waarmaken. Dat is heel belangrijk. Belangrijk voor mij en daarom ook voor jou. Dat begrijp je toch wel?'

10 ONVERWACHT OPONTHOUD

'Natuurlijk ga ik ook mee,' zei Julia's vader. Tot hun verbazing had hij de tv uitgezet, een schoon overhemd aangetrokken en zijn nieuwe schoenen die hij nooit droeg omdat ze knelden.

'We komen niet bedelen,' zei hij toen hij hun verbaasde blikken zag. 'We gaan onszelf aanbieden en nu serieus. Sorry ...' verbeterde hij zichzelf met een glimlach naar Julia, 'we komen jóú aanbieden. Als we ervan overtuigd zijn dat je een ster bent, moeten we dat ook laten zien. Misschien ging het daar de vorige keer mis. We straalden geen zelfvertrouwen uit.'

'Nou schat,' zei Julia's moeder. 'Ik weet niet wat me overkomt. Dit is voor het eerst sinds ik weet niet hoelang dat jij uit jezelf achter de buis vandaan komt.'

Julia's vader keek gekwetst.

'Sorry,' zei zijn vrouw. 'Zo bedoel ik het niet. We vinden het hartstikke leuk dat je meegaat. Toch, Julia?'

Julia knikte. Ze voelde zich heel anders dan vorige week toen ze naar castingbureau Leeflang gingen. Nu ze wist wat haar te wachten stond, was ze veel minder zelfverzekerd, maar wel vastberadener. Haar glimlach bibberde een beetje in haar mondhoeken, zo voelde het, al zag je er aan de buitenkant niets van.

Dagdromen over regisseurs die haar direct voor een rol vroegen, deed ze niet meer. Zo werkte het niet. Iemand gaf je een compliment na een toneelvoorstelling en liet een kaartje achter. Meer gebeurde er niet. Niet vanzelf, tenminste. Het was als op een skipiste staan. Iemand kon je een zetje geven, maar het skiën zou je helemaal zelf moeten doen. En ze zóú het doen.

Het regende een beetje. Niet genoeg om de ruitenwissers de hele tijd aan te hebben. Julia's moeder reed. Ze schakelde de ruitenwissers om de paar tellen aan en uit. Het was om nerveus van te worden.

Ze reden het Rottepolderplein op. Een windvlaag joeg opeens water op de voorruit, alsof er een emmer werd leeggegooid. De ruit was even ondoorzichtig grijs. Julia's moeder mompelde geschrokken iets en zette de ruitenwissers weer aan. Toen de ruit weer helder was, zagen ze dat er vlak voor hen een blauwe auto reed. Die moest door oranje of zelfs rood gereden zijn en pal voor hen de rotonde op geglipt zijn.

'Pas op!' zei Julia's vader. 'Hou afstand!'

'Ja, wat dénk je?' zei Julia's moeder. Ze remde af.

Hun afslag kwam eraan. De auto voor hen ging naar rechts, die moest blijkbaar dezelfde afrit hebben.

'En hij geeft niet eens richting aan, de kneus,' zei Julia's vader.

Achter hen reed een Amerikaanse slee, zag Julia. Een roestbak met achter het stuur een soort popartiest in een spijkerjack. Ook de amerikaan ging rechtsaf de afrit op.

De felle regen was net zo plotseling opgehouden als hij begonnen was. Julia zag dat zich een rood autootje bij hen aansloot. Vergeleken bij de Amerikaanse slee was het een piepklein wagentje.

Het leek alsof zij met z'n vieren de enige auto's waren op dat hele enorme verkeersplein. Tegen vijven stond het hier afgeladen vol, nu was het er grijs van de regenwolken, zwart van het asfalt en leeg. Met om de rotonde heen lege akkers, weilanden en bedrijfspanden die misschien óók wel leegstonden.

'Hè, wat dóét die man voor me nou,' zei Julia's moeder. 'Hij rijdt tachtig. Straks moeten we invoegen op de snelweg, maar dat lukt nooit als die vent zo langzaam rijdt.'

'Ga er dan langs,' zei Julia's vader. 'Nu kan het nog.'

Julia's moeder knikte en gaf gas.

Grappig nummerbord heeft die auto, dacht Julia. De cijfers en letters zijn bij elkaar een hele zin.

Wat er toen gebeurde, ging razendsnel en vertraagd tegelijk, alsof de tijd geschrokken wachtte en dáárdoor weer net zo geschrokken een sprintje trok.

De auto vóór hen maakte opeens een rare manoeuvre. Hij schoot naar het midden van de weg, bleef daar heel even rijden en schoot weer terug.

Het heel even was lang genoeg. Julia's moeder was al bezig met inhalen. Ze kreeg de auto opeens midden voor zich. Ze remde uit alle macht. Een regenvlaag kletterde neer.

Julia voelde een vreemde duw tegen de achterkant van hun auto, alsof een enorme onzichtbare hand hem oppakte en dwars door de remmen heen naar voren schoof. Het geluid van krakend, kreukelend staal hoorde ze niet eens bewust. Er was een klap die haar hoofd even achterovertrok en weer liet zakken, alsof ze idioot hard ja knikte.

Toen was er een tweede duw, een tweede klap die zachter was dan de eerste, maar toch hard genoeg om haar nog eens flink door elkaar te schudden. Weer was er een akelig schurend geluid. Het brommen van de automotor haperde. Het leek of er een frisdrankblikje werd samengeknepen, zo kraakte en knapte het.

Alles was beweging, overal was geluid. Pijn voelde Julia ook, maar vooral verbazing. Verbazing over hoe de wereld opeens zo ondersteboven kon zijn. Alles liep door elkaar: het grijs, het groen, het zwart van het asfalt, de pijn, het piepen van banden, het krassen van blik tegen blik.

Het was alsof je kwasten met allerlei kleuren verf tegelijk

afspoelde in een pot water: alles werd grauw. En een regenvlaag kletterde neer.

Toen schoot hun auto naar rechts, de vluchtstrook op.

Julia rook rubber, geschroeid plastic en de weeë lucht van benzine. Ze stonden met een ruk stil. De regen hield op.

Ze zaten heel kort maar toch heel lang roerloos in de auto, om te bekomen en om te begrijpen wat er gebeurd was. Ze hadden een ongeluk gehad. Er waren twee auto's achterop hen gereden. De eerste klap was van de roestige amerikaan geweest die zich in hun achterbak had geboord. De tweede klap was van het rode autootje, dat achter op de amerikaan was gereden. Het geweld van die tweede aanrijding was dwars door de roestbak heen door hun auto getrokken.

'O goeie help,' mompelde Julia's vader. 'En dit is nog onze schuld ook.'

Toen draaide hij zich om naar Julia. 'Alles in orde? Heb je iets? Doet het ergens pijn, ben je gewond, heb je iets gebroken? Je had gelukkig je gordel om. Heb ik niet eens tegen je gezegd, je hebt hem zelf omgedaan. Goddank. Voel je je gek? Is er iets ongewoon?'

Julia schudde zwijgend haar hoofd. Dat was een beetje pijnlijk, maar het ging. 'En jullie?'

'Nee niks,' zei Julia's moeder. 'Jij?'

'Ook niks,' zei haar vader. Hij zuchtte diep. 'Ik geloof dat we maar moeten uitstappen. Kijken wat de schade is.'

De zon brak fel als een schijnwerper door de wolken. Alles schitterde opeens en de lucht van benzine werd onmiddellijk misselijkmakend.

Een ongeluk. Ze hadden een aanrijding gehad. Dit was dus een ongeval op de snelweg. Ze hoorde het de nieuwslezer op het Jeugdjournaal in gedachten al zeggen. 'Bij een ongeval op de A9, de snelweg naar Amsterdam, is vanmiddag ...'

Een scheut van schrik trok door haar heen. Er kon iemand dood zijn! Wat was er gebeurd met de mensen in de auto's achter hen?

Dood! En dan was het hún schuld. Haar vader had het daarnet zelf gezegd!

Julia wilde niet meer naar buiten. Ze wilde blijven zitten. Stil op de achterbank blijven en net doen of er niets gebeurd was. Geen ongeluk, geen gewonden, geen ...

Hun schuld. Hún schuld.

Maar het wás niet hun schuld! Die auto voor hen was de schuldige. Díe was opeens naar het midden van de weg geschoten. En waar was die auto nu? Julia keek door de voorruit van de auto. De oprit voor hen was leeg. Niets of niemand te bekennen. Pas veel verderop, waar de oprit aansloot op de snelweg, reden auto's.

Het kon maar één ding betekenen: de werkelijke schuldige was doorgereden. Hij had een botsing van drie auto's op zijn geweten en was gewoon doorgereden. Waarheen? Niemand die het wist. Ze zouden hem nooit meer terugvinden. Ze zouden nooit meer kunnen zeggen: 'Jij hebt het gedaan.' En dus hadden zíj het gedaan. Zij: Julia, haar vader en haar moeder.

Dat er tranen over haar gezicht liepen, merkte Julia pas toen er een op haar shirt drupte. Ze veegde haar wangen droog en haalde diep adem.

Wees kalm, zei ze tegen zichzelf. Huilen helpt niet. Zo meteen komen de politie en de ambulance. Die man in de slee heeft niks. De man in het rode autootje heeft natuurlijk óók niks. Niemand gewond, niemand dood, alleen een heleboel blikschade.

Ze probeerde rustiger te ademen. Haar toneellessen kwamen

op een vreemde manier goed van pas. Op het podium moest je kalm en diep ademen om goed verstaanbaar te zijn in de zaal. Nu liet ze door diep adem te halen haar hart rustiger slaan.

11 VREEMDEN IN DE REGEN

Julia's vader deed het portier open. Hij zat rechts in de auto, aan de kant van de vangrail.

'Mocht je willen uitstappen, kom dan aan mijn kant eruit,' zei hij tegen Julia's moeder. 'Je wilt niet geschept worden door een passerende auto.' Op datzelfde moment denderde er een vrachtwagen langs.

Die man stopt niet eens! dacht Julia. Hier is een ongeluk gebeurd en die vrachtwagen rijdt gewoon door!

Toen Julia's vader uitstapte, verscheen er iemand op de vluchtstrook; een man in een spijkerpak, een soort popartiest. Dit moest de man uit de Amerikaanse slee zijn.

Julia hoorde hem zeggen: 'Ik heb 112 al gebeld. De auto die op de mijne gereden is, ziet eruit alsof hij een flinke klap heeft gekregen. Hoe is het met u?'

'Wij hebben niks,' zei Julia's vader. 'U?'

De man in het spijkerpak schudde zijn hoofd. 'Laten we bij die rode japanner kijken die bij mij achterop is gereden. Daar is nog niemand uit gestapt.'

Hij zag Julia en haar moeder en glimlachte beleefd. 'Echt alles in orde met jullie?'

Julia en haar moeder knikten.

Heel ver weg was het geluid van een sirene te horen.

'Breen,' zei de man in het spijkerpak. 'Henk Breen.'

'Eric Coolen,' zei Julia's vader. Ze schudden elkaar de hand en liepen toen naar het rode autootje.

Julia keek naar haar moeder, die roerloos achter het stuur zat.

'Mam?' zei ze voorzichtig.

Haar moeder schudde haar hoofd. 'Sorry, ik was even weg.

Ik zag het hele ongeluk weer voor me. Wat er had kúnnen gebeuren ...'

Julia knikte. Zij voelde weer hoe de auto van achteren een zetje kreeg en hoe de veiligheidsgordel zich met een ruk had strakgetrokken.

En de auto voor hen die zo opeens opzij was gedoken en die ...

'Hij is doorgereden, mam!'

'Hmm?'

'Die auto vóór ons. Is doorgereden.'

'Ja,' zei haar moeder sloom. 'Ja, je hebt gelijk, dat is waar.'

Ze is zich kapotgeschrokken, dacht Julia. Helemaal van de wereld.

Ze keek om naar de auto's achter hen. Toen zag ze pas de ravage die de botsing had veroorzaakt.

De achterkant van hun auto was verdwenen. Er lag een stuk bumper op de weg, er hingen wat flarden plaatstaal en ze dacht dat ze de achterklep van hun auto herkende.

De voorkant van de roestige Amerikaanse slee was niet meer dan een bende verbogen blik. Er lag glas op de weg en uit allerlei leidingen drupte vloeistof.

Opeens leek het haar gevaarlijk in de auto. Al dat glimmende staal, al die stoere lijnen van een auto stelden niets voor. Je zat in een koekblik. Stel je voor dat er nóg een auto tegen hen aan reed? Ze kon hier niet blijven zitten!

'Mam, kom je ook naar buiten?'

Haar moeder schudde haar hoofd. 'Zo, misschien. Ik moet nog even bekomen van de schrik.'

Julia maakte haar gordel los en stapte uit. Een ijzige wind trok aan haar pet.

Ze liep over de vluchtstrook naar de achterste auto, waar

haar vader met Henk Breen aan het portier rukte.

Ze had nooit geweten dat het zo'n lawaai was op een snelweg. Passerende auto's kwamen oorverdovend langs. Vrachtwagens klonken als een colonne tanks. En die wind als er een auto passeerde! Je werd zowat van je voeten geblazen.

Het rode autootje was moeilijk open te krijgen. Julia hoorde haar vader met Henk Breen praten, maar verstond niet wat ze zeiden.

Ze keek naar het autootje en zag dat de voorruit versplinderd was als een stuk ijs in een emmer die 's winters in de tuin heeft gestaan en waar je je hak in zette. Hoe was die ruit zo stuk gekomen? Was de bestuurder er met zijn hoofd tegenaan geslagen?

Julia huiverde en bleef staan. De schaduw van een regenwolk viel over haar heen. Ze rilde. Van ver weg hoorde ze een sirene. Politie, brandweer, ambulance? Het geluid werd overstemd door twee vrachtwagens die passeerden.

Niemand stopt, dacht Julia. We staan hier met kapotte auto's en niemand stopt. We hadden dood kunnen zijn.

Ze keek weer naar het autootje waarvan haar vader en Henk Breen nog steeds probeerden het portier open te krijgen.

En Leeflang, dacht ze ... Leeflang kunnen we natuurlijk wel vergeten.

Het portier van het autootje dat op de amerikaan was gereden, ging opeens open. Julia's vader dook naar binnen.

Gek, dacht Julia. Hij doet nooit wat en nu staat hij de held uit te hangen.

Ze was wel op een vreemde manier stiekem trots op haar vader en kwam dichterbij om te kijken wat er nu verder gebeurde. Het geluid van de sirene waaide mee op een windvlaag.

Julia keek in het autootje en zag iemand over het stuur hangen.

De angst van daarnet kwam terug. Die man is dood, dacht ze. Hij is op die Amerikaanse slee gereden en nu is hij hartstikke dood.

Ze draaide zich om, want ze wilde toch liever niet zeker weten of ze gelijk had.

Haar vader bleef akelig lang in het autootje, of leek dat maar zo? Wat deed hij daar eigenlijk? Als iemand dood is, zie je dat meteen. Tenminste, op tv zag iedereen het altijd direct. Julia's vader had meer dan genoeg televisie gezien sinds hij werkloos was. Waar had hij dan nu zo veel tijd voor nodig?

Het viel haar opeens op dat de auto's minder lawaai maakten terwijl ze passeerden. Ze keek naar de weg en zag tot haar stomme verbazing dat een auto bijna stapvoets voorbijkwam. De bestuurder hing helemaal naar rechts, alsof hij zijn ogen uitkeek.

En dat dóét-ie ook, dacht Julia. Die vent hoopt bloed te zien, of zo!

De auto's achter de glurende bestuurder toeterden niet; die hadden blijkbaar geen haast. Ze waren net zo nieuwsgierig, realiseerde Julia zich walgend.

Ze draaide zich om en liep terug naar hun eigen auto. Het lawaai van de sirene sneed overal doorheen, alsof het oorlog was.

De auto's van de toeschouwers maakten opeens vaart. Er werd snel opgetrokken, alsof iedereen plotseling zijn interesse in het ongeluk kwijt was. Dat leek natuurlijk maar zo. Julia begreep wat er aan de hand was: de politie kwam eraan en het was strafbaar om op de snelweg langzamer te rijden dan tachtig kilometer.

Ze kroop weer op de achterbank.

'En?' zei haar moeder, een beetje toonloos.

'Ik weet het niet, mam, papa is in de achterste auto. Ik denk dat hij de bestuurder probeert te bevrijden. Als er iets echt ergs was, zou hij allang weer buiten zijn.'

Ze vond het zelf een heel slimme redenering. Haar moeder ging er niet op in.

De blauwe baan van een zwaailicht zette alles even in een kille gloed. Een politiewagen kwam via de vluchtstrook aanrijden en remde naast hun auto.

Het nu oorverdovende lawaai van de sirene doofde in een vreemde hik, de portieren zwaaiden open en twee agenten sprongen naar buiten. Vlak achter hen, net waar Julia het niet kon zien, remde een andere auto. Een ambulance kwam over de rijbaan aan, stuurde scherp naar rechts en remde.

Julia had niet gedacht dat ze zó opgelucht zou zijn nu er hulp was gearriveerd.

12 MISLUKT BEZOEK

Op de radio meldde een omroeper dat er een file bij het Rottepolderplein stond. Er was daar een ongeluk gebeurd.

Herbert Terlingen floot tussen zijn tanden. Hij had geluk. Tien minuten later en hij had in die file gestaan. Hij keek op het klokje op het dashboard. Keurig op tijd, werkelijk keurig.

Ralf moest in slaap gevallen zijn, die lag stil in zijn slaapzak op de achterbank.

Herbert reed de snelweg af en kwam via een paar kruisingen terecht op een rustige weg, die langs een autosloperij 'De toekomst' liep en eindigde op een modderig terrein dat blijkbaar ooit als bedrijventerrein was bedoeld. Kantoren en bedrijven waren er nooit gekomen, op een klein bedrijfje in oud papier na en een halfronde loods met een kantoorgebouwtje eraan vast.

Het maakte een troosteloze indruk, vond Herbert, terwijl hij zijn auto voor het kantoortje parkeerde. IFA zag er niet uit als een bedrijf waar flitsende zaken werden gedaan.

'Maar schijn bedriegt,' zei hij tegen zichzelf. Hij deed het portier zachtjes open en sloot het nog zachter om zijn zoon niet wakker te maken.

Hij ligt wel erg stil te slapen, dacht hij. Nou ja, slaap was altijd goed.

Hij opende de achterbak en pakte de doos met de kopbal op alsof het een baby'tje was.

Terwijl hij met de doos in zijn armen naar de deur van het kantoortje liep, viel hem al op dat er iets niet was zoals het hoorde. Hij wist alleen niet wat. Dat wist hij pas toen hij had aangebeld er niet werd opengedaan: er brandde geen licht achter de ramen van het kantoor. Dát klopte er niet. Op een regenachtige middag als deze brandden er lichten in bedrijven waar mensen waren. Het kantoor was donker en iets zei Herbert dat het dus ook verlaten was.

Hij liep door de modder om het kantoor heen naar de loods. Zorgvuldig ontweek hij de verse regenplassen en de glibberige stukken. Toch gleed hij nog bijna uit, en met veel moeite wist hij zichzelf rechtop te houden. Aan de verste kant van de loods was een dubbele deur met een klein raam van draadglas. Ook achter dat raam brandde geen licht. De stevige ketting met een hangslot die om de handvatten van de deur was gewikkeld zei genoeg: de loods was afgesloten. Wie erin wilde moest via het kantoor. En in het kantoor was niemand.

Met de vasthoudendheid van iemand die niet wil toegeven dat hij fout zit, rukte Herbert aan de deur. Hij schopte ertegen met de zijkant van zijn voet.

Er werd niet opengedaan.

Herbert riep. 'Is er iemand? Hallo! Is er iemand?' Hij schopte nog eens tegen de deur. Hij liep terug naar het kantoor, belde aan, schopte tegen de deur. Hij zette de doos met de kopbal op de stoep, waar hij droog stond, en liep naar het donkere raam. Hij klopte. Hij bonkte. Hij gluurde naar binnen.

Teleurstelling, woede en ongeloof vochten met elkaar om de eerste plaats. Machteloosheid won het. Herbert keek naar de ramen, naar de doos met de kopbal en naar zijn auto. Hij was op tijd, hij was op de goede plek. Waarom was het bedrijf verlaten? Hoe was dit in hemelsnaam mogelijk?

Die Breen staat misschien wel in de file op het Rottepolderplein, dacht hij. Hij kan mij niet bellen en ik kan hém niet bellen, want we hebben elkaars 06-nummer niet. Ik heb mijn mobieltje niet eens bij me.

Maar straks komt hij. Ik moet een halfuurtje geduld hebben.

Drie kwartier, hooguit.

Diep in zijn hart wist hij dat hij het mis had, maar hij wilde het niet toegeven. Dat mócht hij niet.

Hij pakte de doos met de kopbal en ging in de auto zitten wachten.

Ralf, die roerloos in zijn slaapzak lag, had nergens iets van gemerkt, was overal doorheen geslapen.

Een vaag gevoel van gevaar trok door Herbert heen. Hij draaide zich om in zijn stoel, strekte zijn arm en legde zijn hand op Ralfs voorhoofd.

De jongen zweette en was ijskoud tegelijk.

Het vage gevoel werd een beklemmende zekerheid: het was niet goed met Ralf. Dit was geen slapen, dit was ... dit was ...

Ik moet naar het ziekenhuis, dacht Herbert. Maar dat kán niet. Nog tien minuten. Tien minuten, kwartiertje hooguit. Dan is die Breen hier. Dan verkoop ik hem mijn kopbal en daarna rijd ik linea recta naar het ziekenhuis.

Herbert wachtte. De tijd leek niet meer voorbij te gaan. Hij wachtte een eeuwigheid. En Henk Breen verscheen niet.

Een regenbui trok over, heel even scheen de zon fel als op een zomerdag, daarna was alles weer grijs en grauw. De wind joeg rimpels over de regenplassen en Herbert wachtte.

Hij keek naar de doos met de kopbal. Hij keek naar zijn toekomst. Steeds meer voelde hij dat die toekomst een droom zou blijven. Breen had er allang moeten zijn. Er had iemand in dat kantoor moeten zitten. Hoe kon een bedrijf waar niemand werkte een wereldwijd succes van zijn gadget maken?

Met het gevoel dat hij de grootste fout van zijn leven maakte, startte Herbert zijn auto.

Als Ralf niet ziek was geweest, had hij hier kunnen blijven wachten. Nu moest hij nog naar het ziekenhuis ook.

Hij reed weg, keek nog één keer naar het kantoor, alsof hij hoopte dat er nu opeens wel licht brandde. Op de weg terug naar de snelweg tuurde hij in de auto's die hem tegemoetkwamen. Zat er iemand in die leek op de directeur van een noviteitenbedrijf? Na vijf auto's gaf hij het op.

Het was druk op de snelweg richting Rottepolderplein. Erg druk.

13 MEISJE MET EEN PET

Voor André Wullems was de wereld een mistwolk vol geluid: stemmen, voetstappen, het brommen van motoren. Af en toe gleed er een blauwe lichtbaan langs.

De pijn voelde hij in het begin niet eens. Ademen ging lastig, het leek of hij een veel te strak hemd aan had, maar pijn ...

Pas toen hij zijn arm wilde optillen ging er een snijdende scheut door hem heen.

'Blijft u maar liggen,' zei een stem. 'De ambulance is er al. Ze komen u helpen.'

Wat er daarna gebeurde, wist André niet goed. Handen die hem voorzichtig betastten, iemand zei: 'Knip de gordel maar door', en het strakke gevoel verdween. Hij werd achterover in zijn stoel gedrukt. Vreemd dat hij zijn ogen maar niet scherp kon stellen. Was hij opeens blind geworden?

Herinneringen kwamen terug in flitsen en flarden. Hij was op weg naar Leeflang. Hij reed op de rotonde, hij ... het laatste stuk was uit zijn geheugen gewist. Wat er gebeurd was voordat hij daarnet blind wakker was geworden (was bijgekomen?) wist hij niet meer. Het woord bijkomen bleef in zijn hoofd zoemen. Bijkomen. Bijkomen. Hij was bewusteloos geweest!

Een nieuwe pijnscheut trok door hem heen en hij schreeuwde.

'Rustig maar, meneer Wullems,' zei een kalmerende stem. 'We gaan u dadelijk op de brancard tillen.'

Bijkomen ... ambulance. André wist het weer. De auto voor hem, een verwaarloosde Amerikaanse slee, was opeens op zijn remmen gaan staan. De enorme remlichten in de vorm van omgekeerde komma's schoten aan als stoplichten.

André was met zijn gedachten bij zijn film. Niet voorbereid op een plotselinge stop, trapte hij iets te laat op het rempedaal.

Het geluid waarmee zijn auto op de amerikaan reed, had hij nog gehoord. Hij hoorde het opnieuw.

Maar waarom zág hij niets?

Hij voelde hoe hij uit zijn stoel werd getild. Even leek hij te zweven, toen lag hij op een stugge, stevige matras.

Hij werd weggereden.

'Hoe is het met hem?' hoorde hij iemand vragen.

'Daar is nog niets over te zeggen, meneer. We brengen meneer Wullems naar het ziekenhuis.'

André kreeg even een duwtje omhoog, er ratelde metaal en de brancard werd de ambulance ingeschoven. Mijn auto! dacht hij opeens. Mijn spullen! Wat gebeurt dáármee?

Hij probeerde zich overeind te werken. Dat ging lastig in die grijze, lawaaierige mist. En zijn ene arm werkte niet mee.

Ik kan natuurlijk ook mijn ogen opendoen, dacht hij.

Het volgende moment kon hij weer zien.

'Blijft u liggen? We doen u gordels om,' zei de verpleger met de rustgevende stem.

André luisterde niet. Hij wilde zien wat er aan de hand was en vooral hoe zijn autootje erbij stond.

Wat hij zag, leunend op zijn ellebogen en pijnlijk ademend, was een mistroostig rijtje kapotte auto's, twee politiewagens en de rand van de ambulance waar hij in lag. Hij zag ook een blond meisje met een grijze pet op. Die pet, verregend, met donkere vlekken, gaf haar iets enorm treurigs. André zou erom hebben geglimlacht als hij het meisje ergens anders gezien had. Nu maakte het een vreemde indruk op hem, alsof hij naar een film keek waar de camera extra lang gericht bleef op een meisje dat verdwaald langs een snelweg stond.

'Nu echt gaan liggen, meneer,' zei de verpleger. 'We gaan rijden.'

'Mijn auto,' zei André, terwijl hij vriendelijk maar vastberaden door de verpleger op zijn rug werd gedrukt. 'Daar wordt voor gezorgd, meneer. Maakt u zich niet druk. De politie is er. Uw auto wordt dadelijk weggesleept. Het belangrijkste is dat het met ú goed gaat.'

De verpleger klikte twee gordels vast en ging op een klapstoeltje bij Andrés hoofdeinde zitten. Hij tikte tegen de achterwand.

De motor van de ambulance sloeg aan en een sirene begon te loeien.

'Is het zó erg met me?' vroeg André. Hij merkte dat praten pijn deed in zijn ribben.

'Het is druk op de weg,' zei de verpleger. 'We willen u graag snel in het ziekenhuis hebben. Deze ambulance zal vandaag nog wel een paar keer nodig zijn. Dat kunt u zich misschien wel voorstellen.'

André knikte. Hij sloot zijn ogen. Tot zijn eigen verbazing was hij binnen een paar tellen helemaal weg. Alles werd weer een grijze mistbank, en daarna kwam er een zwart gat waar hij langzaam in gleed.

14 NAAR HET ZIEKENHUIS

Julia's moeder was uitgestapt. Ze was eindelijk bekomen van de schrik.

'Ik werk in een ziekenhuis,' zei ze tegen een agent die foto's van het ongeluk nam. 'Kan ik medische hulp verlenen? Eerste hulp misschien?'

De agent glimlachte. 'De ambulance is net weg, mevrouw. We hebben alles onder controle.'

Een sleepwagen verscheen op de vluchtstrook. Het verbaasde Julia dat ze zo snel wende aan het langsrazende verkeer.

Ze dacht aan castingbureau Leeflang, waar ze nooit meer zouden komen. Ze hadden geen auto meer, besefte ze opeens. Ze zouden nóóit meer ergens komen. Geld voor een nieuwe auto hadden haar ouders niet, zoveel wist ze wel.

Ze liep naar haar moeder en sloeg een arm om haar heen. Opeens voelde ze zich schuldig. Omdat zíj zo nodig beroemd wilde worden, stonden ze nu in de regen. Je jaagt een droom na en eindigt als een autowrak op de snelweg ...

Ze keken naar haar vader, die samen met Henk Breen druk in gesprek met een agent was. Wat ze zeiden kon Julia niet verstaan, maar ze had er wel een idee van. De twee vertelden wat er gebeurd was. Hoe heette dat ook alweer? Ze gaven een ooggetuigenverslag.

Julia werd rillerig. De natte pet maakte haar hoofd koud.

'Gaat het nog lang duren?' vroeg ze aan haar moeder.

Het antwoord kwam van een derde agent die op hen afliep en zei: 'We kunnen u dadelijk wegbrengen. Jullie hoeven hier niet meer te blijven. Er kan elk moment een busje komen.'

Julia's vader kwam bij hen staan. 'De belangrijkste dingen zijn geregeld. Adressen genoteerd en wat er precies gebeurd is. Het heeft geen zin meer om hier te blijven.' Hij wierp een bezorgde blik op de lucht die steeds donkerder werd. 'En lopend naar huis lijkt me geen goed idee.'

'Dat kan niet eens,' zei de agent. 'Jullie zouden dwars door de weilanden en de akkers moeten. Door sloten ...'

Julia zag hen al gaan, ploegend door de natte aarde, terwijl de regen op hen neerviel. Ze huiverde bij de gedachte.

Het beloofde politiebusje kwam aanrijden. Een sirene was niet meer nodig, het had alleen een zwaailicht.

Ze stapten in. Henk Breen als laatste; die had nog een tas uit zijn auto gepakt.

'Een arrestantenbusje,' zei hij met een grijns. 'Ik heb altijd al willen weten hoe het voelde om daarin te zitten.'

Hij klom naar binnen en ging tegenover Julia zitten. 'Henk Breen.' Hij stak een mollige hand naar haar uit. 'Ik had me aan jou nog niet voorgesteld.'

'Julia Coolen,' zei Julia. Ze keek naar Henk Breen, die in een prima bui leek, alsof het hem niet uitmaakte dat zijn auto in een wrak veranderd was. Het was een ouwe bak, maar het was tóch een auto. Ze vroeg zich af hoe haar ouders het gingen regelen nu ze geen auto meer hadden. Hoe moest haar moeder naar haar werk? Op de fiets? Hoe moest zijzelf met slecht weer op school komen? Geld voor een nieuwe auto, zelfs voor een tweedehandsje, was er niet, zoveel wist ze wel.

'Wat kijk je bezorgd,' zei Henk Breen. 'Nog steeds de schrik in de benen?'

'Ik dacht aan onze auto,' zei Julia.

'Tja,' zei haar vader. 'Die kan naar de sloop, dat is wel duidelijk.'

'Zaak voor de verzekering,' zei Henk Breen. 'Vervelend dat de vent die dit allemaal veroorzaakt heeft, ervandoor is gegaan.'

De chauffeur startte de motor. Net toen hij wilde wegrijden, kwam er een agent aanhollen, die op de achterkant van het busje sloeg. Hij wilde mee.

De agent stapte haastig in en viel meer op de bank dan dat hij erop ging zitten, toen het busje met een ruk optrok.

'Mijn naam is Russe, Nelis Russe. Hoofdagent,' zei hij, terwijl hij hen toeknikte. 'Ik rij met u mee naar het ziekenhuis.'

'Het ziekenhuis?' vroeg Julia's moeder verbaasd. 'Ik dacht dat we naar huis gebracht werden.'

Hoofdagent Russe schudde zijn hoofd.

'Ik wérk in het Spaarne Ziekenhuis,' zei Julia's moeder, alsof ze daarmee zeggen wilde dat ze er juist niet heen wou.

Agent Russe glimlachte. 'Het is de dichtstbijzijnde plaats waar taxi's zijn,' zei hij. 'Bovendien kunt u besluiten u bij de EHBO even te laten controleren om te zien of alles in orde is. En ik ga kijken of we er degene die deze hele toestand veroorzaakt heeft, misschien vinden.'

'In het ziékenhuis?' zei Henk Breen verbaasd.

'Het is mogelijk dat de bestuurder die is doorgereden ook iets heeft opgelopen,' zei hoofdagent Russe. 'Maar ik zal u niet lastigvallen met politiewerk. Het is allemaal al verwarrend genoeg wat jullie hebben meegemaakt.'

'Zegt u dat wel,' zei Julia's moeder.

'Ik ben op jullie ingereden,' zei Henk Breen. 'Het is dus mijn schuld dat jullie auto vernield is. Toch, meneer Russe?'

De hoofdagent knikte.

'Mijn verzekering zal jullie schade dus vergoeden.'

Julia's vader snoof. 'De verzekering bekijkt wat onze auto waard zou zijn als we hem zouden verkopen. Dát is wat ze terugbetalen. Die auto is oud. Hij is een paar honderd euro waard. Duizend, hooguit. Daar koop ik geen andere voor.'

Henk Breen fronste en knikte bedachtzaam. 'Ik ben blij dat ik niet afhankelijk ben van die sloep van mij. Moet u naar uw werk met de auto?'

'Ik niet,' zei Julia's vader. 'Ik heb geen werk. Mijn vrouw wel.'

De rest van de rit was het stil in het politiebusje. Iedereen had zijn eigen gedachten.

Toen het busje op het parkeerterrein van het ziekenhuis was gestopt en iedereen uitstapte, zei Julia's vader: 'Die man uit de achterste auto, hebben ze die hierheen gebracht?'

Hoofdagent Russe knikte. 'Waarschijnlijk wel. Maar het hangt af van zijn verwondingen.'

'Ik wil hem even opzoeken,' zei Julia's vader. 'Het is tenslotte onze schuld dat ...'

'Nee, nee,' zei Henk Breen. 'Het is míjn schuld en het is zijn eigen schuld. Hij remde niet op tijd toen ík remde. Maar als er íémand schuldig is ...'

'Dan is het die vent die vóór me reed,' vulde Julia's moeder aan.

Henk Breen tastte in zijn broekzak en pakte een portefeuille waar hij een visitekaartje uit haalde. 'Mijn privénummer staat erop,' zei hij. 'Wilt u me bellen? Of kan ik ú bellen?'

'Sorry, ik heb geen visitekaartje,' zei Julia's vader. 'Geen baas, dus ook geen kaartjes.'

Henk viste een pen uit zijn spijkerjack, pakte een tweede visitekaartje en schreef het nummer op dat Julia's vader noemde. 'Als u niet belt, dan doe ik het,' zei hij. Hij keek om zich heen. 'Ah, dáár staan de taxi's. Ik geloof dat ik niet onderzocht hoef te worden. Ik wens jullie sterkte en ik weet zeker dat we elkaar nog spreken, binnenkort.'

Agent Russe gaf hun alle drie een haastige hand. 'Ik moet

snel aan het werk,' zei hij. Op een holletje ging hij naar de draaideur van de hoofdingang.

'Mooi dat wij geen taxi nemen,' zei Julia's moeder. 'Het geld groeit ons niet op de rug. We vinden binnen wel iemand die ons een lift wil geven als zijn dienst afgelopen is.'

15 TOEVALLIGE ONTMOETINGEN

Julia zat op de vierde verdieping van het ziekenhuis in een ruimte met kunst aan de muur en grote groene planten in potten. Op tafeltjes langs de muur lagen tijdschriften, allemaal oud, allemaal oninteressant. Een klok liet geluidloos zien hoe langzaam de tijd voorbijging. Ze wachtte tot een collega van haar moeder klaar was met werken. Het was even zoeken geweest, maar haar moeder had iemand gevonden die hen mee naar huis wilde nemen.

Waar haar ouders nu waren, wist ze niet precies. Ergens op deze verdieping, misschien eentje hoger of lager. Ze waren op zoek naar de man van het rode autootje, die een uurtje eerder met de ambulance naar het ziekenhuis was gebracht.

'Blijf jij maar hier,' hadden haar ouders gezegd. 'We weten tenslotte niet hoe die man eraantoe is. En drie bezoekers ineens kan te veel zijn.'

'*Als* we al bij hem mogen,' had haar moeder gezegd.

Nu zat Julia al een eeuwigheid te wachten. Ze bleef het ongeluk opnieuw beleven, ze bleef steeds nieuwe details zien, onbelangrijke dingen, dingen die ze misschien niet eens echt gezien had. De auto vóór hen, bijvoorbeeld, de auto die de schuld was van hun hele kettingbotsing, was blauw geweest. Hoe kon ze dat weten? Ze had voor zich uit zitten staren. In gedachten was ze al bij het castingbureau. En had ze écht dat kenteken gezien? Hoe langer ze erover nadacht, hoe minder zeker ze het wist. En wat duurde het toch lang! Waar bleven haar ouders nou?

Ze stond op. Even een stukje lopen. Misschien viel er iets te beleven waardoor ze niet meer aan het ongeluk hoefde te denken.

Gek, dat het in een ziekenhuis met honderden patiënten, doktoren en verplegers zo stil kon zijn.

De deuren van de meeste kamers stonden open. Julia zag de voeteneinden van bedden, nachtkastjes met bloemen en fruitschalen.

In één kamer zat een lijkwit jongetje rechtop in bed met een paar kussens in zijn rug. Hij keek alsof hij geen idee had waar hij was. De verbazing op zijn gezicht deed Julia bijna pijn. Zouden ze haar ook zo in een bed hebben achtergelaten als ze bij de botsing gewond was geraakt?

Ze stond stil, draaide een halve slag en liep terug naar de deur.

'Hee,' zei ze.

De jongen zei niets terug.

'Hee, wat heb jij? Waarom lig je hier?'

De jongen, die van haar leeftijd moest zijn, haalde zijn schouders op en hield ze hoog.

'Pijn in mijn rug, vanbinnen,' zei hij. 'Dit is een ziekenhuis.'

Het was zo'n gekke mededeling dat Julia bijna moest lachen.

'Dat weet je toch wel?' zei ze.

De jongen schudde zijn hoofd. Hij had zijn schouders nog steeds opgetrokken.

'Ik lag achter in de auto van mijn vader,' zei hij. 'In een slaapzak. We gingen ergens heen, geloof ik. En toen ik weer wakker werd, lag ik hier.'

'Waar is je vader dan?' vroeg Julia.

De jongen liet zijn schouders moedeloos zakken. 'Dat weet ik niet. Weg, denk ik.'

'En je moeder?'

De jongen trok een gezicht.

'Is er dan geen zuster of een dokter? Hebben die niks gezegd?'

'Weet ik niet meer,' zei de jongen. Hij barstte los in een hijgerige hoestbui.

Aan het eind van de gang ging een liftdeur open. Julia's ouders kwamen naar buiten.

'Mam! Pap!' riep Julia. Ze zwaaide naar haar ouders. Ze keek nog even naar de jongen. 'Dag! Word maar gauw beter,' zei ze. Toen holde ze naar haar ouders toe.

'En, kunnen we op ziekenbezoek?'

Haar moeder schudde haar hoofd. 'Nee, die meneer Willemse is nu bij de dokter. Hij wordt grondig onderzocht. We krijgen een telefoontje zodra hij weer op zijn kamer is.'

In de telefooncel in de hal van het ziekenhuis was Herbert Terlingen bezig IFA te bellen. Hij had Ralf afgeleverd en moest nu de echt belangrijke zaken regelen. Het had hem een paar muntjes van vijftig cent gekost voordat hij wist na hoeveel rinkels het antwoordapparaat van IFA aanging. Nu hing hij precies op het goede moment op, kreeg zijn muntje terug en belde opnieuw. Ooit moest er toch opgenomen worden. Die Breen moest toch een keer op zijn kantoor komen? Ze hadden tenslotte een afspraak.

'Krijg de hik!' zei hij toen het antwoordapparaat niet eens meer aanging, maar de telefoon na zes keer rinkelen de ingesprektoon liet horen.

'Krijg nou toch de hik!'

Henk Breen, die de grote hal van het ziekenhuis binnenliep, hoorde het Herbert zeggen. Hij keek opzij en zag de nerveuze man aan de telefoon.

Die heeft het niet makkelijk, dacht hij. Nou ja, niet zo gek in een ziekenhuis. Je bent hier niet voor je lol.

Henk was teruggekomen omdat hij zich een beetje schuldig en een beetje stom voelde. Hij had de Coolens moeten vragen of ze met hem wilden meerijden in de taxi. Wat was het nou voor moeite om die ouders met hun dochter even voor hun huis af te zetten?

Hij had gehoord wat Julia's moeder had gezegd over een collega die misschien net klaar was met werken.

Aan de portier achter de balie vroeg hij of mevrouw Coolen misschien nog binnen was en waar hij haar kon vinden.

'Ze werkt op de EHBO, geloof ik,' zei hij.

De portier wist het onmiddellijk. 'Mevrouw Coolen? Vierde etage. Grote kans dat u haar daar vindt. Ik heb haar nog niet zien vertrekken.'

Henk liep naar de liften en wachtte tot de stalen schuifdeuren open gleden. Naast hem stond de nerveuze man die had staan bellen zenuwachtig naar de lichtjes boven de liftdeur te kijken.

Op de een of andere manier dacht Henk nu pas aan de afspraak die hij ruim was misgelopen. Hemel, dacht hij, zou die Terlingen net zo nerveus bij IFA aan de deur hebben gestaan? Ik moet die man bellen. Het is me helemaal door mijn kop geschoten.

De liftdeuren gleden open. Henk en de nerveuze man liepen naar binnen. De man glimlachte vluchtig naar Henk, zoals mensen dat doen in liften.

Ik moet die Terlingen bellen, dacht Henk. Maar mobieltjes moeten uit blijven in dit ziekenhuis. Ik bel hem straks wel om te zeggen dat we het over laten gaan. Ik verkoop dat hele IFA-gedoe. Het is de moeite en de tijd niet waard. Ik heb een miskoop gedaan en dat kan ik maar beter aan mezelf toegeven.

De lift kwam aan op de vierde etage. Henk ging rechtsaf, de nerveuze man ging naar links.

Al halverwege de gang zag Henk de familie Coolen, die met een verpleegster stond te praten. Aan de ernstige uitdrukking op hun gezicht te zien, hadden ze het over het ongeluk.

Toch goed dat ik ben teruggekomen, dacht Henk. Die mensen zijn geschrokken. Ze zijn hun auto kwijt en moeten nu wachten op een lift van een collega. Dat is natuurlijk armoede.

Hij versnelde zijn pas en liep op de familie Coolen af.

Herbert Terlingen nam op dat moment afscheid van Ralf, die als een ziek vogeltje in de kussens hing.

'Wacht maar,' zei Herbert. 'We gaan het voor elkaar krijgen. Echt, gozer. We gáán het voor elkaar krijgen. Ik moet nu weg, maar ik, of anders mama, komt je gauw opzoeken. Ik kom gewoon gezellig overmorgen weer. Of de dag erna. Het hangt er een beetje van af of ik die Breen nog te pakken krijg, snap je?'

Ralf knikte zachtjes dat hij het begreep. Hij kon wel janken. En dat deed hij dan ook toen zijn vader weg was.

Terwijl ze in de hal van het ziekenhuis op de taxi wachtten, zei Julia: 'Die auto vóór ons, die was toch blauw?'

Haar moeder knikte. 'Ja. Het was een japannertje, zo'n kleintje. Maar ik haal die modellen steeds door elkaar.'

'Ik heb er niet op gelet,' zei haar vader.

'Ik geloof dat ik het kenteken weet,' zei Julia. 'Ik heb het onthouden omdat het woorden waren.'

Haar vader keek haar goedkeurend aan. 'Schat, je bent een held. Daar zullen ze bij de politie blij om zijn.'

'Ik weet dat het 'ha' en 'ga' was,' zei Julia. 'En twee vieren.

Op zijn Engels klinkt dat als 'voor voor' en hij gíng ook voor. Het nummerbord was: ha ga voor voor.'

'Perfect,' zei haar vader. 'Morgen bellen we die hoofdagent Russe. Het is vast een nuttige tip.'

16 AAN DE BAK

De taxi stopte voor Julia's huis.

'Komt u nog binnen voor een kopje koffie?' vroeg Julia's moeder.

'Ach, waarom ook niet,' zei Henk. Hij betaalde de chauffeur.

'We kunnen direct het schadeformulier invullen,' zei Julia's vader. 'Ik moet nog wel ergens een formulier hebben liggen.'

Julia was dolblij dat ze thuis was. Ze merkte nu pas hoe moe ze was en hoe rillerig. Buiten piepten autobanden en ze voelde hoe haar hart oversloeg.

'Ik ga even naar mijn kamer,' zei ze.

'Ik roep zo wel,' zei haar moeder. 'Wil jij thee?'

Julia knikte.

Op haar kamer bekeek ze zichzelf in de spiegel. Toen smeet ze de pet met een zucht in de hoek. Het mág gewoon niet, dacht ze. Ik word nóóit toneelspeelster. Ze ging op haar bed liggen en sloot haar ogen. Het mócht gewoon niet. Ze mócht niet worden wat ze wilde. Ze zou eindigen als een doktersassistente die één keer per jaar een rol speelde bij de plaatselijke amateurclub. En iedere keer als ze een film zag, bij iedere keer dat ze naar een tv-serie keek, zou ze het weer weten: voor háár was dat niet weggelegd. Ze zou er alleen maar van mogen dromen.

Toen ze weer wakker werd, zag ze aan het licht dat ze een tijd geslapen had. Het was al schemerig. Of kwam dat doordat er een nieuwe regenbui op uitbarsten stond?

Ze stond op, een klein beetje duizelig, maar niet meer rillerig, en liep de gang op. In de huiskamer brandde licht. Henk en haar vader waren in een enthousiast gesprek verwikkeld. Ze hadden het vast niet over de schade aan de auto's. Maar waar wel over?

'Ja, natuurlijk ken ik dat programma,' zei haar vader. 'Dat was een van de eerste boekhoudprogramma's. Het kon alles wat je nodig had, zonder de poespas die er tegenwoordig bij zit.'

'En als ik nou heel oude correspondentie heb?' zei Henk. 'Documenten uit programma's die allang niet meer bestaan?'

'Geen probleem,' zei Julia's vader. 'Ik heb alle oude software nog. Programma's van twintig jaar geleden. Het vervelende is dat er bijna geen pc's uit die tijd meer bestaan. Het meeste wat ik heb staat op 5¼ floppy's. Je weet wel, die grote slappe schijfjes. Er zijn bijna geen pc's meer waar je die schijven op kunt gebruiken.'

'Ha!' zei Henk. 'Kijk! Wie wat bewaart, die heeft wat. Ik heb op kantoor een pc staan uit het jaar nul. Uit 1990 of zo.'

Julia keek om de hoek van de deur. Henk en haar vader zaten tegenover elkaar aan de tafel als twee jongens die hun verzamelingen voetbalplaatjes vergeleken. Haar vader had zelfs een blosje op zijn gezicht. Zo enthousiast had ze hem al een hele tijd niet meer gezien.

'Oké, oké,' zei Henk. 'Maar ik moet het wel allemaal kunnen omzetten naar níéuwe programma's, anders heb ik er nog niks aan.'

'Kan ik óók,' zei Julia's vader. 'Ik ben alleen maar administrateur, of boekhouder, wat je wilt, maar ik heb alle ontwikkelingen altijd goed bijgehouden. Op mijn vroegere werk zagen ze daar de waarde niet van in. Alles moest maar vooruit. Sneller en sneller moest het.'

Henk knikte. 'Ik weet hoe dat gaat. Die bedrijven hollen tot ze struikelen en vallen. En dan is het afgelopen.' Hij glimlachte. 'En dan kom ik om ze te kopen.'

Nu pas zagen ze Julia staan, die met een vaag soort opwinding had geluisterd. Er gebeurde iets aan de eettafel. Er gebeurde iets heel belangrijks. Ze voelde het.

Haar moeder zat op de bank, zag ze. Ze had een tijdschrift op schoot, maar Julia wist zeker dat ze niet las. Haar moeder luisterde óók. Ze liep naar de bank en ging naast haar zitten.

'Je zou me toch roepen?' zei ze.

Haar moeder glimlachte en antwoordde bijna fluisterend: 'Je sliep. Ik zet dadelijk wel thee voor je.' Ze knikte naar de eettafel. 'Meneer Breen is bedrijvendokter. Ik geloof dat papa een nieuwe baan heeft.'

De twee mannen stonden op. 'Dan moeten we maar voor morgen afspreken in het pand van IFA,' zei Henk. Hij stak zijn hand uit. Julia's vader schudde hem.

'Er is alleen één klein probleempje,' zei hij. 'Gaat daar een bus heen? Ik heb geen auto meer.'

Henk Breen grijnsde van oor tot oor. 'Je krijgt een auto van de zaak.'

'Dus ik ben aangenomen?'

'Absoluut,' zei Henk. 'Als je zo goed bent als je zegt, liggen er bergen werk te wachten. Het opdoeken van een bedrijf is een hele klus. Zeker als je ziet wat een zooitje de vorige eigenaar ervan gemaakt heeft. En als we klaar zijn met IFA is er vast wel weer iets anders te doen.' Ze schudden elkaar nog een keer de hand.

Toen Henk Breen weg was, hing er een sfeer in huis alsof Sinterklaas op bezoek was geweest en er een enorme berg cadeaus was achtergebleven.

Julia's vader straalde als een kandelaar met zeven armen.

'Yes!' zei hij met zijn kaken op elkaar. 'Yés!' Hij omhelsde Julia's moeder.

Het ongeluk leek vergeten. Er werd met geen woord meer over gepraat.

Pas laat op de avond, toen ze bij de italiaan aan het toetje zaten, zei Julia's moeder: 'We moeten die meneer Willems niet vergeten, morgen.'

'Nee,' zei haar vader. 'Maar dat is morgen. Nu vieren we vandaag. Ik ga zo meteen koffie met iets erbij nemen. En we bellen morgen stiekem naar school dat je een dagje thuis blijft, Juul. Kun jij samen met mama op ziekenbezoek. Ik moet naar mijn werk.'

Hij grijnsde als een aapje.

Het lukte Julia niet een bittere gedachte te onderdrukken. Haar vader had dankzij háár droom een baantje gekregen. En zij? Niets. Helemaal niets.

17 TALENT

André Wullems zat in een stoel voor het raam en keek naar beneden, waar het parkeerterrein van het ziekenhuis glom van de regen. Hij voelde zich kiplekker. De arts had hem daarnet verteld dat er niets aan de hand was. De pijn in zijn arm was spierpijn. De klap van het ongeluk, het spannen van de veiligheidsgordel, het was net iets te veel geweest.

'Maar over een dag of wat hebt u nergens meer last van,' had de dokter gezegd. Het was nu nog even afwachten tot de papierhandel geregeld was. Dan kon hij naar huis. André had zijn goede vriend Paul Bruijn al gebeld om te vragen of hij hem wilde ophalen.

Het enige wat zijn goede humeur in de weg zat, was de gedachte aan zijn auto. Het gedoe om dat ding te laten repareren, was net waar hij niet op zat te wachten. Hij had het veel te druk met de voorbereidingen voor zijn film.

Er werd op de deur geklopt. André stond op, liep naar de deur en opende hem. Er stonden een vrouw en een meisje in de gang. Ze hadden bloemen bij zich. André bekeek hen verbaasd en nieuwsgierig. Kende hij deze mensen? Het meisje kwam hem vaag bekend voor. Hij zocht zijn geheugen af, maar kon de twee niet plaatsen.

'Ik ben mevrouw Coolen,' zei de vrouw. 'Dit is Julia. Wij hebben gisteren de botsing gehad.'

André keek naar het meisje, dat terugkeek alsof hij een spookverschijning was. De grijze pet in haar hand veranderde langzaam in een samengeknepen vod.

'We vroegen ons af hoe het ging met u,' zei mevrouw Coolen.

André maakte een uitnodigend gebaar. 'Komt u binnen. We

hebben de kamer voor onszelf.'

Julia's moeder stootte Julia aan.

'O eh, we hebben bloemen voor u,' zei Julia. Ze probeerde zo natuurlijk mogelijk te lachen. Had ze haar glimlach nog? Kon ze als een echte actrice haar buitenkant dwingen er anders uit te zien dan ze zich vanbinnen voelde?

Ze had de man onmiddellijk herkend. Dit was niet meneer Willemse, dit was André Wullems. Filmregisseur. De man die ze bij Leeflang had gezien.

En André Wullems was op zoek naar acteurs voor zijn nieuwe film.

'Wat aardig van jullie,' zei André. Hij nam de bos bloemen aan en legde die op het nachtkastje naast zijn bed.

Julia was zich er opeens van bewust dat ze haar pet aan gort aan het knijpen was. Met veel wilskracht wist ze haar hand te ontspannen. Ze zette de pet op en trok de spieren in haar mondhoeken op. Terwijl André en haar moeder met elkaar over het ongeluk praatten, probeerde Julia haar glimlach terug te vinden.

Henk Breen en Eric Coolen waren die ochtend al vroeg naar het kantoor van IFA gereden. Julia's vader was door Henk opgehaald in een piepklein autootje waar je precies met z'n tweeën in kon.

Henk had gelachen om het verbaasde gezicht van Julia's vader. 'Dit is het stadsautootje,' zei hij. 'En het rijdt prima. Die amerikaan begon me eigenlijk al te duur te worden. Dat ding drinkt een benzine, dat wil je niet weten.'

Ze reden het Rottepolderplein op. Niets herinnerde nog aan het ongeluk van gisteren. De auto's waren weggesleept, het glas en de stukken bumper waren weggehaald. Het Rottepolderplein lag onverschillig in het saaie polderland.

Alle ongelukken die hier gebeurd waren, de gewonden, de doden ... het maakte de rotonde niet uit. Het asfalt was geduldig.

'O ja,' zei Henk Breen. Hij tastte in zijn spijkerjack en haalde een stuk van een krantenpagina tevoorschijn. 'We hebben de krant gehaald.'

Julia's vader las het korte berichtje. Gek, zo in de krant te komen en dan niet eens het gevoel te hebben dat het stukje over jóú ging.

Er waren geen opstoppingen; Breens kleine auto bracht hen keurig op het troosteloze terrein bij de troosteloze loods met kantoor van IFA.

'Ik ga wel even koffie en thee regelen,' zei Julia's moeder. 'Dat is weer een voordeel van hier in het ziekenhuis werken.' Ze stond op en liep de deur uit.

Ik durf het niet te zeggen, dacht Julia. Ik durf niet te zeggen dat ik weet wie hij is en dat ik bij Leeflang ben geweest en ...

André Wullems keek haar aan met een onderzoekende blik en zei: 'Ik ken jou toch?'

Julia knikte.

'Doe me een plezier. Normaal vergeet ik geen gezichten. Dat hoort bij mijn werk. Maar nu ben ik het even kwijt. Misschien heeft die klap van gisteren toch meer met me gedaan dan de dokters kunnen zien.'

Julia haalde diep adem.

Julia's vader zat achter de compleet verouderde computer in het kantoortje van IFA. Hij floot nog net niet. Zo oud als het ding was, en zo langzaam dat je na iedere druk op een toets koffie kon gaan drinken, de pc werkte wél. Henk Breen scharrelde in de dozen met papieren.

'Voordat dit allemaal geordend is, zijn we weken verder,' zei hij. 'Of maanden.'

Julia's vader zei niets, maar hij dacht: liever maanden dan weken.

De telefoon ging. Het antwoordapparaat – ook al zo oud als de weg naar Rome – zette de telefoon direct in de ingesprekstand. Blijkbaar was het bandje vol.

Henk Breen drukte op de knop 'afspelen'. Ze luisterden naar de stem van Herbert Terlingen, die steeds dringender om contact vroeg.

'O ja,' zei Henk. 'Die moet ik nog bellen. Nou ja, geen haast. Hij wil me iets laten zien waar ik toch niets mee ga doen. Als we de zaken hier op orde hebben, mag er van mij een tank overheen. Alles weg, alles plat. Kan ik het snel weer verkopen.'

'Moet die man dan niet teruggebeld worden?' vroeg Julia's vader. 'Het klinkt nogal of hij zit te wachten op een telefoontje.'

'Weet je wat het is?' zei Henk Breen. 'Mensen die te veel wachten zijn verliezers. Winnaars wachten niet, die dóén.'

Julia's vader hield wijselijk zijn mond.

Julia verzamelde moed. Ze moest meneer Wullems vertellen dat ze hem bij Leeflang gezien had. Hij moest weten dat ze ingeschreven was bij het castingbureau. Als André Wullems maar wist dat ze officieel ingeschreven was, zou hij haar misschien serieus nemen. Dan zou hij kunnen zeggen: ik zoek spelers voor mijn film; waarom kom jij het niet eens proberen?

Maar ik durf het niet, dacht ze.

De deur ging open en er kwam iemand binnen die Julia wel

herkende, maar even niet kon plaatsen.

'Jasses, André,' zei de man. 'Ik hoorde je berichtje vanochtend pas. Hoe is het met je?'

Hij zag Julia en een grijns trok over zijn gezicht. 'Ongelooflijk! Je bent gewoon aan het werk!'

André Wullems keek hem verbaasd aan.

'Hé Paul,' zei hij. 'Wat leuk dat je me komt halen.'

'Als je weg mag, neem ik je mee,' zei de man. Hij liep naar André, omhelsde hem en stak toen grijnzend zijn hand uit naar Julia.

'Ik zie dat je mijn advies hebt opgevolgd. Heel goed dat Leeflang zo snel iets voor je heeft gevonden.'

'Leeflang?' zei André Wullems.

'Leeflang?' fluisterde Julia, alsof ze een verre echo was.

'Je herkent me niet meer!' zei de man. Hij stak zijn hand nogmaals naar Julia uit. 'Ik ben Paul Bruijn. Ik heb je het visitekaartje van Leeflang gegeven na je geweldige voorstelling. Weet je het weer?'

Julia knikte. Opeens herkende ze de man. Zijn naam had ze nooit goed gehoord.

'Maar ...' zei Paul Bruijn met een lichte aarzeling. 'Ben je hier níét via Leeflang?'

Julia schudde haar hoofd.

'Speelt dat meisje toneel?' vroeg André Wullems.

Julia knikte.

'En goed ook,' zei Paul Bruijn. 'Ik had je over haar willen vertellen, maar dat kwam er steeds niet van.'

Hij keek naar Julia. 'Wat doe jij hier dan, als je niet ...'

'We hebben een aanrijding gehad,' zei Julia. 'Ik heb bloemen gebracht.'

'Júllie? Een aanrijding?' Paul Bruijn schudde grijnzend zijn hoofd. 'Je zou toch bijna gaan geloven dat toeval bestaat!'

Julia's moeder kwam binnen. 'Ach, nou kom ik koffie tekort,' zei ze. Ze wierp een verbaasde blik op Julia. 'Wat zit jij te glimmen?'

Op het kantoor van IFA ging de telefoon. Eric Coolen nam op.

'Nee,' zei hij tegen de stem die aan de andere kant begon te ratelen. 'Nee, meneer Breen is er niet. En ik kan u verder niet helpen. Ik doe alleen de boekhouding, meneer.' Het werd een lang en vooral oeverloos gesprek. Eric Coolen probeerde uit te leggen dat hij er alleen voor de papierwinkel was. Dat hij géén verstand had van gadgets en al helemaal nergens beslissingen over kon nemen.

Hij bleef het maar herhalen: 'Nee, meneer Terlingen, IFA wordt opgeheven. Ik ben de papierwinkel aan het ordenen. IFA wordt gesloten, meneer Terlingen.'

18 EN ... CAMERA!

Julia's moeder duwde de kar met eten door de gang van het ziekenhuis. Het was weer woensdag, maar ditmaal was het geen gewone dag. Ze was met haar gedachten niet bij haar werk. Ze dacht aan Julia en liep daarom met haar kar bijna de moeder van Ralf Terlingen omver. Ze mompelde een excuus.

Ralfs moeder zag eruit alsof ze daarnet een ruimteschip had zien landen en nu niet meer wist of ze droomde of wakker was.

'Ik kom Ralf halen,' zei ze.

Julia's moeder knikte. 'Dat is fijn voor hem,' zei ze.

'Ja, en ik denk dat ik hem daarna maar meeneem op vakantie.'

'Dat is nog fijner voor hem.'

Ralfs moeder knikte en liep zwijgend mee naar Ralfs kamer. Ze wekte de indruk dat ze slaapwandelde.

Wat zou er met haar aan de hand zijn? dacht Julia's moeder. Is ze alleen maar blij dat haar zoon weer naar huis mag?

Ralf zat met bungelende benen op de rand van het bed. Hij was behoorlijk opgeknapt in de afgelopen paar dagen. De antibiotica hadden hun werk goed gedaan en zijn longontsteking genezen.

'Nou,' zei Julia's moeder. 'Eet je je boterhammetje nog op of ga je meteen met je moeder mee?'

Ralf keek zijn moeder vragend aan. Die glimlachte dromerig en zei: 'We kunnen ook ergens hamburgers gaan eten als je daar zin in hebt.'

Ralf knikte enthousiast. Hij zag ook dat er iets met zijn moeder was, maar stond er niet bij stil. Hij mocht naar huis, dat was het belangrijkste. En zijn vader, had zijn vader de kopbal al verkocht? Hij had hem niet meer gezien sinds hij in het ziekenhuis was afgeleverd.

'Sterkte en heel veel plezier,' zei Julia's moeder.

'Dat gaat lukken,' zei Ralfs moeder. Ze ging naast Ralf zitten en wachtte tot ze alleen waren.

'Je mag kiezen,' zei ze. 'Vakantie of een fiets.'

'Hè?' zei Ralf.

'We hebben een prijs gewonnen,' zei zijn moeder. 'In de loterij.'

Julia Coolen zat voor de spiegel. Ze trok haar pet een klein stukje schever. De juffrouw van de make-up die haar gezicht daarnet in een flinke laag pancake had gezet, knikte tevreden. 'Ja, dat staat je goed,' zei ze. 'Ben je zenuwachtig?'

Julia glimlachte haar betoverendste glimlach. 'Nee,' zei ze met overslaande stem.

De visagiste schoot in de lach. 'Geeft niks, hoor. Zenuwen horen erbij. Ik heb acteurs in mijn stoel gehad die na twintig films nog steeds nerveus zijn. Sommige dingen wennen nooit.'

Julia knikte. Het was een schrale troost voor de enorme klont in haar maag, die steeds groter leek te worden. Ze merkte dat haar handen beefden. Nog nooit had ze zo'n enorme plankenkoorts gehad. Maar ze had ook nog nooit in de make-upkamer van een echte opnamestudio gezeten. Bij de toneelvereniging werd ze opgemaakt door een amateur, nu was er een echte visagiste. Alles was echt, echt álles, tot de camera aan toe. Geen digitaal hobbydingetje maar een soort kanon.

Al sinds het telefoontje van André Wullems had Julia het idee dat ze droomde. Het was een heel kort telefoontje geweest.

'Ik bel je maar direct,' had Wullems gezegd. 'Via Leeflang had ook gekund, maar waarom zou ik? Voel je ervoor een proefopname te komen maken? Ik heb het idee dat jij precies het soort meisje bent dat ik zoek. We moeten alleen nog even zien hoe je voor de camera bent.'

Julia had van de opwinding bijna opgehangen vóórdat ze 'Ja graag' zei.

André Wullems kwam de kleedkamer in. Hij bekeek haar goedkeurend.

'Wij zijn er klaar voor,' zei hij. 'En jij?'

Julia stond op. Ze haalde diep adem en liep achter André aan de studio binnen.

Daarnet was het nog een kale, schemerige ruimte geweest, nu baadde alles in het licht van schijnwerpers. De cameraman stond met zijn armen over elkaar naast zijn camera te wachten, de geluidsman klikte een microfoon aan een hengel.

André Wullems wees naar een wit kruis op de grond.

'Als je daar zo'n beetje blijft staan is het prima,' zei hij. 'En onthoud: je staat niet in een theater, dus je hoeft geen enorme gebaren te maken of overdreven duidelijk te praten. De camera ziet alles en de microfoon hóórt alles. Het is maar een proefopname, maar speel zo serieus als je kunt.'

'Goed,' zei Julia hees. En ze dacht: hoe zou ik níét serieus kunnen zijn?

André liep naar een stoel naast de camera en ging zitten. 'Mooi,' zei hij. 'Dan kunnen we. Julia, jij brengt je vader goed nieuws. Je vader staat op de plek van de camera. Kijk dus in de lens.'

Julia knikte.

Een assistent riep: 'Geluid?'

'Loopt.'

'Camera?'
'Loopt.'
'Scène één, take één!'

Er viel iets van Julia af, een gewicht gleed van haar schouders en de klont in haar maag was verdwenen.

Komt mijn droom uit, of begint hij pas? dacht Julia. Ze glimlachte naar het grote, koude oog van de camera.

Meisje (11) speelt hoofdrol in nieuwe Nederlandse film

Haarlem – Regisseur André Wullems heeft de hoofdrol-speelster voor zijn nieuwe speelfilm 'Botsing' gevonden bij een van de plaatselijke toneelverenigingen.
De elfjarige Julia Coolen bleek zijn gedroomde hoofd-rolspeelster. De opnames voor de film zullen komende zomer in Griekenland plaatsvinden.

19 BEZOEK

Herbert Terlingen deed de voordeur van zijn flat open en keek verbaasd naar de twee agenten die op de galerij stonden. Zijn ogen waren nog zwaar van de slaap. Het was iets na zevenen en Herbert had lang wakker gelegen. Dat deed hij al sinds het laatste telefoongesprek met IFA. Wanhopig probeerde hij zijn kopbal toch nog in de handel te krijgen. Het WK naderde, de tijd drong.

'Meneer Terlingen?'

Herbert knikte.

'Mijn naam is Russe van de regiopolitie, en dit is mijn collega Van der Aar. Bent u de eigenaar van een blauwe auto met kenteken HA-GA-44?'

'Ja?' zei Herbert verbaasd. Er ging een scheut door hem heen. Niet nóg meer narigheid alsjeblieft, dacht hij. 'Is er iets met mijn auto gebeurd?'

'Bent u veertien dagen geleden met uw auto op het Rottepolderplein geweest?'

'Veertien dagen geleden? Woensdag de zevenentwintigste? Ja ...'

Veertien dagen geleden. Zijn ongeluksdag ...

'Dan willen wij u graag op het bureau spreken in verband met een kettingbotsing op het Rottepolderplein,' zei de agent.

'Mij?'

'We vermoeden dat u de veroorzaker van dat ongeluk bent.'

Herbert Terlingen verschoot van kleur.

Honderd

Wat doet een schrijver nou eigenlijk de hele dag? Veel mensen hebben het idee dat schrijvers van 's ochtends vroeg tot 's avonds laat zuchtend en steunend door het huis gaan. En als dan opeens de Grote Inspiratie komt, haasten ze zich naar hun werkkamertje onder het lekkende dak om hun Meesterwerk te schrijven.

Ik ben blij dat het niet zo is.

Een schrijver is voornamelijk bezig met níét schrijven. Ik hou het nooit echt bij, maar als ik per dag twee uur écht zit te schrijven, is het mooi. In twee uur kun je twee of drie pagina's schrijven

Als je dat elke dag zou doen, schreef je elke zeven weken een boek van bijna 150 bladzijden. Met een paar dagen vakantie per jaar, zou je dan zo'n zeven boeken per jaar kunnen schrijven. Hoe lang je dan bezig bent tot je je honderdste boek geschreven hebt mag je zelf uitrekenen.

Ik schreef mijn eerste kinderboek in 1983. Mijn honderdste boek, het boek dat je nu in je handen hebt, schreef ik in 2006. Er zit drieëntwintig jaar tussen het eerste en het honderdste. Ik heb niet alles meegeteld, de boeken die ik samen met anderen schreef gelden niet, vind ik. De boeken die ik onder schuilnaam schreef wél. Vier boeken in de X-serie en eentje als Richard Richmore. Zes boeken voor volwassenen staan óók in het lijstje. Ruwweg heb ik sinds 1983 vier boeken per jaar geschreven en die hebben lang niet allemaal 150 pagina's.

Het lijkt heel wat, honderd boeken, maar eigenlijk valt het ontzettend mee. Het is hoog tijd dat ik eens stop met lummelen en een beetje serieus aan de slag ga.

Bies van Ede

Andere boeken uit de serie NIEUWS!

ff dimmen!

Thijs kijkt naar de krant op tafel.
'PESTEN OP INTERNET' staat er groot.
Daar weet ik alles van, denkt hij. Gelukkig kun je een computer uitdoen.
Maar vanaf morgen komt Isa een tijdje bij ons wonen. Als zij nou ook zo'n gemene pestkop is?
Thijs slikt. Wat erg! Dan ben ik zelfs in mijn eigen huis niet meer veilig ...

Els Rooijers las het nieuwsbericht 'Pesten op internet'.
Het liet haar niet meer los. Ze schreef er een spannend verhaal over.

Teuntje Knol
en de knotsgekke honden

Teuntje Knol is een stoer meisje. Ze schaamt zich dood voor haar moeder. Die heeft een warenhuis vol tuttige hondenspulletjes en is dol op van die schattige schoothondjes. Wat is de nieuwste mode voor honden?
Een belangrijke vraag voor de moeder van Teuntje!
Nu is er een hondenshow op komst. De moeder van Teuntje heeft het er maar druk mee. Het mopshondje van mevrouw Paddeburg doet namelijk ook mee en de dames doen er alles aan om elkaars hondje te laten verliezen.
Dan wordt het tijd voor Teuntje om in actie te komen ...

Sanne de Bakker las in de krant het bericht 'De nieuwe kledinglijn voor honden'. Het sprak haar meteen aan. Met dit nieuwsbericht begint dan ook haar knotsgekke verhaal.